周瘦鹃自编精品集

花前新记

周瘦鹃 著

广陵书社

图书在版编目（ＣＩＰ）数据

花前新记 / 周瘦鹃著. -- 扬州：广陵书社，
2019.1（2022.3 重印）
（周瘦鹃自编精品集 / 陈武主编）
ISBN 978-7-5554-1138-3

Ⅰ．①花… Ⅱ．①周… Ⅲ．①散文集－中国－当代
Ⅳ．①I267

中国版本图书馆CIP数据核字(2018)第288484号

书　　名	花前新记		
著　　者	周瘦鹃	丛书主编	陈　武
责任编辑	戴敏敏	特约编辑	罗路晗
出 版 人	曾学文	装帧设计	鸿儒文轩·书心瞬意

出版发行　**广陵书社**
　　　　　扬州市四望亭路 2-4 号　　　　　邮编：225001
　　　　　(0514)85228081(总编办)　　　85228088(发行部)
　　　　　http://www.yzglpub.com　　　　 E-mail:yzglss@163.com
印　　刷　三河市华东印刷有限公司

开　　本	787mm×1092mm　　1/32
字　　数	94 千字
印　　张	6.75
版　　次	2019 年 1 月第 1 版
印　　次	2022 年 3 月第 2 次印刷
书　　号	ISBN 978-7-5554-1138-3
定　　价	38.00 元

目录

1

灯话

我们在都市中，夜夜可以看到电灯、日光灯、霓虹灯，偶然也可以看到汽油灯；在农村中，电灯并不普遍，日光灯和霓虹灯更不在话下，所习见的不过是油盏或煤油灯罢了。我所要说的，并不是这些灯，而是用以点缀农历元宵的花灯。

元宵，就是农历的正月十五夜，古人又称之为元夕，又因旧俗人家都要在这一夜挂灯，所以也称为灯夕。

旧时苏州风俗，十三夜先在厨下挂点花灯，称为点灶灯，一共五夜，到十八日为止，十三夜称为试灯日，十八夜称为收灯日，而以十五夜为正日，家家都点上了花灯，还要敲锣击鼓，打铙钹，热闹非常，称为闹元宵。

元宵张灯之俗，古已有之。考之旧籍，起于唐代睿宗景云二年。当时定为一夜，即正月十五夜。在安福门外作灯轮，高二十丈，挂点花灯五万盏，命宫女们在灯轮下踏歌。唐玄宗时，于十三夜至十六夜张灯三夜，在上阳宫中起建灯楼二十间，高一百五十尺，规模更为宏大。北宋、南宋时，又将时期延长，先为五夜，后为六夜，到十八夜落灯。到了明太祖朱元璋时，初八夜就开始张灯，在南都搭盖了高高的彩楼，连续十天之久，招徕天下富商都来看灯。北都东华门一带，也有二里长的灯市，在白天，有各地的古玩珍宝和一切日常服用的东西，陈列在市上，入夜就有花灯烟火，照耀通宵，鼓吹杂耍，喧闹达旦。足见当时统治阶级剥削了民脂民膏，穷奢极欲，连元宵看灯也要大大地铺张一下。

在清代时，苏州阊门内吴趋坊和皋桥、中市一带，每年腊后春前，就有劳动人民把手制的各式花灯，拿到这里来出卖，凡人物、花果、鸟兽等，一应俱全，十分精巧。如刘海戏蟾、西施采莲、渔翁得利、张生跳粉墙等，都是有人物的。花果有莲花、栀子花、绣球花、玉兰花、西瓜、葡萄、石榴、藕、菱等等。鸟类有孔雀、仙鹤、凤凰、喜鹊、鹦鹉、白鸽等等。兽类有兔、马、鹿、猴、狮等等。其他如青蛙、鲤鱼、龙、虾、蟹、走马灯、抛空小球灯、滚地大球灯等等。因卖灯的人都聚在这里，前后历一月之久，因此称为灯市。大抵到十八夜落灯之后，这灯市也就收歇了。

古时苏州制作的花灯，精奇百出，天下闻名。宋代周密《乾淳岁时记》中有云："元夕张灯，以苏灯为最，圈片大者，径三四尺，皆五色琉璃所成，山水人物，花竹翎毛，种种奇妙，俨然着色便面也。"那时梅里镇中，也以精制花灯出名，用彩笺刻成细巧的人物，糊在灯上，就叫做梅里灯。又有一种夹纱灯，也用彩纸细刻花鸟虫鱼等等，夹着轻绡，更为精美悦目。自清代以后，苏州的花灯逐渐没落，巧匠难求，由浙江硖石镇、菱湖镇等起而代之，比之苏州旧时的花灯，有过之无不及。一九五六年春，上海博物馆中举行浙江手工艺品展览会，就有四十年前硖石名手所制的两只伞灯，灯上的花样，全用细针一针一针地刺成，十分生动；而二十余年前，菱湖灯也曾出现于上海永安公司中，多用纱绢制成，不论花鸟虫鱼，都像真的一样，灯型并不太大，更觉得玲珑可爱，人家纷纷买去，作元宵的点缀。不知解放以后，硖石、菱湖仍有这种制灯的巧匠没有。

抗日战争前，听说北京廊房头条有些灯画的店铺，也有制灯的巧匠。北京的工艺美术品，如象牙雕刻、景泰蓝等，一向以精美驰名国际，解放后又有了很多改进。我想花灯的制作，也不会例外，一定是精益求精的。

安徽黄梅戏的传统剧目中，有一出《夫妻观灯》，故事很为简单，说青年农民王小六，在春节的第一个月圆之夜——正月十五，听说城里在举行灯会，就匆匆地赶回家去，要他那个年青的妻子换上了新衣，手拉手的一同赶到城里去看灯。进了城，只见四面八方，人山人海，各种花灯来来往往，丰富多彩。夫妻俩兴高采烈地看着，指指点点，你问我答，直到夜深，才兴尽而归。我很喜爱黄梅戏的唱腔，也特别喜爱这出戏中夫妻二人的表演，他们每看见一种灯，就在一举手，一投足，以及脸色上、眼风里表达出来。我们不必看见灯，就可从他们的表演上看见多种多样的灯了。何况还有那种婉转动听的唱词和说白，加强了这出戏的艺术性。中间还有一个穿插，那个年青的妻子正在看得手舞足蹈之际，忽然向她丈夫撒娇，说是不高兴看了，硬要拉着丈夫回去。王小六不知就里，忙问为的是甚么，她娇嗔地回说，因为人家不看灯，却都在看她。那个天真的丈夫就指手画脚地呵斥那些看他妻子的人，说他将来定要报复，也不看灯而看这些人的妻子。这一个穿插，很为有趣，好似一篇平铺直叙的文章里，有了这曲笔，就见得活泼生动了。因此我连带想起了明代诗人王次回的一首《踏灯词》："观梅古社暂经过，手整花冠簇闹蛾。说与檀郎应一笑，看侬人比看灯多。"读了这首诗，可知不看灯而看人，倒是实有其事的。

清代董舜民有《元夜踏灯》词，咏少妇看灯，写得很美，调寄《御街行》第二体云："百枝火树千金屟。宝马香尘不绝。飞琼结伴试灯来，忍把檀郎轻别。一回伴怒，一回微笑，小婢扶行怯。　石桥路滑缃钩蹑。向阿母低低说。姮娥此夜悔还无？怕入广寒宫阙。不如归去，难忘畴昔，总是团圆月。"

邓尉探梅

　　立春节届，一般爱花爱游的人们，已在安排出门去探梅了。到哪里去探梅呢？超山也好，孤山也好，灵峰也好，梅园也好，这几处梅花或多或少，都可以看看，而最著名的探梅胜处，莫如苏州的邓尉。这些年来，邓尉的梅花还是大有可观，所以每年春初，仍能吸引各地游人纷纷前去探梅，因为除了剩余的梅花散在各处，仍可饱看外，那边的明山媚水，也是值得游赏一下的。

邓尉在吴县西南六十里，在光福镇之南，相传汉代有邓尉隐居此山，故名。西南有玄墓，彼此连接，实是一山，晋代有青州刺史郁泰玄葬在这里，因以为名。现在这一带山以邓尉、玄墓并称。山中人从前多以种梅为业，因此梅花独多，而"邓尉探梅"，也就成为初春游赏的一个节目了。但在清代道光年间，时人都以玄墓看梅花为言，顾铁卿《清嘉录》有云："暖风入林，玄墓梅花吐蕊，迤逦至香雪海，红英绿萼，相间万重。郡人舣舟虎山桥畔，襆被遨游，夜以继日。"当时探梅的盛况，可见一斑。

玄墓山上有圣恩寺，是光福最著名的古寺，寺后有小山峦，仿佛用湖石堆成，其实是天然的，因有"真假山"之称。这一带原有好多株老梅树，香雪重重，蔚为大观。寺中有还元阁，藏有《一蒲团外万梅花》长卷，出清代名画师手，并有题跋很多，十分名贵。抗战胜利后，只剩了一半，仍有可观，我还作了两绝句赠与寺僧："劫余重到还元阁，举目湖山百种宽。欲寄身心何处寄，万梅花里一蒲团。""万梅花里一蒲团，打坐千年便涅槃。佛雨缤纷花雨乱，如来弥勒共盘桓。"

马驾山一名吾家山，在光福镇之西，山并不高，只因山上种着很多的梅树，洋洋大观。清代康熙中叶，巡抚宋荦在崖壁上题了"香雪海"三字，并且在高处筑亭，以作看梅之所。据说后来乾隆下江南时，曾到此一游，于是香雪海名满海内。二十余年前，我也曾和上海的朋友们结队登临，只见山上山下，以至远处，白茫茫的一片雪白，全是梅花，真是一个不折不扣名实相副的香雪海。可是经过了八一三抗日战争的大劫，梅树多被砍伐，而山中人又因种梅之利不如种桑，所以补种的不是梅而是桑了。一九五五年，我与苏州市园林整修委员会同人来此视察，见那座梅花形的亭子和半山的轩屋，都已破败，就设计修复，早已焕然一新，但是全山梅树不多，我建议必须补种五百株。那么梅花时节，在山上可以望见远处的梅林，"香雪海"这个名称，才当之无愧。

清代金恭有《邓尉探梅小记》云："小雪初晴，余寒送腊，具鹤氅浩然巾，入邓尉山，看红梅绿萼，十步一坐，坐浮一大白，花香枝影，迎送数十里。虽文君要饮，玉环奉盏，其乐不是过也。"这一段文字，写探梅之乐，十分隽永。一九五七年三月中旬，我和老友程小青兄同往邓尉探梅，却见邓尉山一带，梅树仍多，红梅绿萼，也随处可见。从光福崦西起，一路到石磴、石壁，所见的全是白梅，正在开得最烂漫的时候，一眼望去，只见到处是皑皑如雪，也许有千株万株之多，倘不拘拘于号称"香雪海"的马驾山一角，那么就是称之为"香雪洋"，也未为不可。

探梅的时期，必须适当，去得太早，梅花还没有开放，去得太迟，却又落英缤纷，那就不免要乘兴而来，败兴而返了。古人曾说"梅花以惊蛰为候"，大约是在农历二月之初，正恰到好处。探梅的人们，最好能与山中人先作联系，探问梅花消息，开到七八分时，就可以前去，领略那暗香疏影的一番妙趣了。

萼绿华

梅花开在百花之先，生性耐寒，独标高格，《群芳谱》里，推它居第一位，自可当之无愧。旧时梅花种类很多，有墨梅、官城梅、照水梅、九英梅、同心梅、丽枝梅、品字梅、台阁梅、百叶缃梅诸称，现在都已断种。我于花中最爱梅，并且偏爱老干的盆梅，年来尽力罗致，得江梅、绿梅、红梅、送春梅、玉蝶梅、朱砂红梅、胭脂红梅，和日本种的花条梅、乙女梅、芦岛红梅、单瓣深红的枝垂梅等。以花品论，自该推绿梅为第一，古人称之为萼绿华，绿萼青枝，花瓣也作淡绿色，好像淡妆美人，亭立月明中，最有幽致，诗人词客，甚至以九嶷仙人相比。宋孝宗时，宫中有萼绿华堂，堂前全种绿梅。

我园紫兰台上，有绿梅一株，古干虬枝，树龄足有二百年，十余年前，从邓尉移来，至今年年着花，繁密非常，伴以奇峰怪石，更觉古雅。盆梅中也有好多株老干的绿梅，而以"鹤舞"一株为魁首，树龄已在一百岁外。先前原为苏州名画师顾鹤逸先生所手植，先生去世后，传之令子公雄，不幸公雄也于五年前去世，他的夫人知我爱梅如命，就托公雄介弟公硕移赠于我。我小心培养，爱如拱璧，五年来老而弥健，枯干上着花如故，因干形如鹤，两大枝很似鹤翅，仿佛要蹒蹒起舞，因此名之为"鹤舞"。一九五六年春节，拙政园远香堂中举行梅花展览会，我以此梅种在一只椭圆形的白沙古盆中，陈列中央最高处，自有睥睨一世之概。

明代小简中，有道及绿梅的，如王世贞《与周公瑕》云："梅花屋雨日当甚佳，翠禽唧啾，恼足下清梦，莫更以为萼绿华否？"史启元《报友》云："想兄拥双荷叶，歌八卿之曲，芙蓉帐暖，金谷风生。若弟兀坐寓斋，枯禅行径，朝来浓雪披绿萼，稍有晋人肠肺。"清代诗中，如范玑《绿萼梅》云："细波展谷弥弥远，芳草欺裙缓缓鲜。怕向江头吹玉笛，夜寒愁绝九嶷仙。"吴嵩梁《坐月》云："林塘幽绝似山家，坐转阑阴月未斜。仙鹤一双都睡着，冷香吹遍绿梅花。"邵曾鉴《拗春》云："拗春天气酒难赊，微雪初晴日易斜。今夜瓦垆停药帖，细君教煮绿梅花。"这三首诗，都像萼绿华一样的清隽，不着一些烟火气。

我为甚么爱梅花

这些年来，大家都知道我于百花中最爱紫罗兰，所以我从前所编的杂志，有《紫罗兰》，有《紫兰花片》，我的住宅命名"紫兰小筑"，我的书室命名"紫罗兰盦"，足见我对于紫罗兰的热爱。其实我不但热爱紫罗兰，也热爱梅花，所以我的家里有寒香阁，有梅屋，有梅丘，种了不少的梅树，也培养了不少的盆梅。爱紫罗兰为甚么？为了爱我的挚友。爱梅花为甚么？为了爱我的祖国。这是并行不悖，而一样刻骨倾心的。

梅花不怕寒冷，能在严风雪霰中开放，开在百花之先，足以代表我国强劲耐苦的国民性，因此我把它当作我国的国花。况且梅树最为耐久，古代的梅树，至今还活着而仍在开花的，据我所知，浙江省临平附近一个庙宇中，有一株唐梅，超山有一株宋梅。以我国之大，料想深山绝壑中，一定还有不少老当益壮的古梅，可惜没有人表彰罢了。我中央现在还没有想到要国花，如果想到了的话，那么以梅花为国花，似乎是很合适的。

古人曾说，梅具四德，初生蕊为元，开花为亨，结子为利，成熟为贞。后来又有人说：梅花五瓣，是五福的象征，一是快乐，二是幸运，三是长寿，四是顺利，五是我们所最最希望的和平。古代诗人墨客，称颂梅花的，更是举不胜举。诗如唐代崔道融句云："香中别有韵，清极不知寒。"宋代陆游句云："坐收国士无双价，独立东皇太乙前。"戴复古句云："孤标粲粲压群葩，独占春风管岁华。"元代杨维桢句云："万花敢向雪中出，

一树独先天下春。"王冕句云："不要人夸好颜色，只
留清气满乾坤。"历代诗人墨客，都一致地推重梅花，
给予最高的评价。有人问我为甚么爱梅花，我就以此
为答。

茶话

　　茶，是我国的特产，吃茶也就成了我国人民特有的习惯。无论是都市，是城镇，以至乡村，几乎到处都有大大小小的茶馆，每天自朝至暮，几乎到处都有茶客，或者是聊闲天，或者是谈正事，或者搞些下象棋、玩纸牌等轻便的文娱活动，形成了一个公开的群众俱乐部。

　　茶有茗、荈、槚几个别名。据《尔雅》说，早采者为茶，晚取者为茗，荈和槚是苦茶。吃茶的风气始于晋代。晋人杜育，就写过一篇《荈赋》，对于茶大加赞美；到了唐代，那就盛行吃茶了。

茶树的干像瓜芦，叶子像栀子，花朵像野蔷薇，有清香，高一二尺。江苏、浙江、福建、安徽各省，都是茶的产地，如碧螺春、龙井、武夷、六安、祁门等各种著名的绿茶、红茶，都是我们所熟知的。茶树都种于山野间，可是喜阴喜燥，怕阳光怕水，倘不施粪肥，味儿更香，绿茶色淡而香清，红茶色香味都很浓郁，而味带涩性。绿茶有明前、雨前之分，是照着采茶的时期而定名的，采于清明节以前的叫做明前，采于谷雨节以前的叫做雨前，以雨前较为名贵。茶叶可用花窨，如茉莉、珠兰、玫瑰、木樨、白兰、玳玳都可以窨茶，不过花香一浓，就会冲淡茶香，所以窨花的茶叶，不必太好，上品的茶叶，是不需要借重那些花的。

吃茶有甚么好处，谁也不能肯定。茶可以解渴，这是开宗明义第一章，有的人说它可以开胃润气，并且助消化，尤以红茶为有效。可是卫生家却并不赞同，以为茶有刺激神经的作用，不如喝白开水有润肠利便之效。但我们吃惯了茶的人，总觉得白开水淡而无味，还是要去吃茶，情愿让神经刺激一下了。

唐朝的诗人卢仝和陆羽，可说是我国提倡吃茶的有名人物，昔人甚至尊之为茶圣。卢仝曾有一首长歌《谢人寄新茶》，其下半首云："……柴门反关无俗客，纱帽笼头自煎吃。碧云引风吹不断，白花浮光凝碗面。一碗喉吻润，两碗破孤闷。三碗搜枯肠，唯有文字五千卷。四碗发轻汗，平生不平事，尽向毛孔散。五碗肌骨清，六碗通仙灵。七碗吃不得也，唯觉两腋习习清风生。"夸张吃茶的好处，写得十分有趣，因此"卢仝七碗"，也就成了后人传诵的佳话。陆羽字鸿渐，有文学，嗜茶成癖，著《茶经》三篇，原原本本地说出茶之原、之法、之具，真是一个吃茶的专家。宋朝的诗人如苏东坡、黄山谷、陆放翁等，也都是爱茶的，他们的诗集中，有不少歌颂吃茶的作品。

制茶的方法，红绿茶略有不同，据说要制红茶时，可将采下的嫩叶，铺满在竹席上，放在阳光中曝晒，晒了一会，便搅拌一会，等到叶子晒得渐渐地萎缩时，就纳入布袋揉搓一下，再倒出来曝晒，将水分蒸散，再装在木箱里，一层层堆叠起来，重重压紧，用布来遮在上面，等到它变成了红褐色透出香气来时，再从箱里倒出来晒干，然后放在炉火上烘焙，经过了这几重手续，叶子已完全干燥，而红茶也就告成了。制绿茶时，那么先将采下的嫩叶放在蒸笼里蒸一下，或铁锅上炒一下，到它带了粘性而透出香气来时，就倒出来，铺散在竹席上，用扇子把它用力地扇，扇冷之后，立即上炉烘焙，一面烘，一面揉搓，叶子就逐渐干燥起来。最后再移到火力较弱的烘炉上，且烘且搓，直到完全干燥为止，于是绿茶也就告成了。

过去我一直爱吃绿茶，而近一年来，却偏爱红茶，觉得酽厚够味，在绿茶之上；有时红茶断档，那么吃吃洞庭山的名产绿茶碧螺春，也未为不可。

在明代时，苏州虎丘一带也产茶，颇有名，曾见之诗人篇章。王世贞句云："虎丘晚出谷雨后，百草斗品皆为轻。"徐渭句云："虎丘春茗妙烘蒸，七碗何愁不上升。"他们对于虎丘茶的评价，都是很高的，可是从清代以至于今，就不听得虎丘产茶了。幸而洞庭山出产了碧螺春，总算可为苏州张目。碧螺春本来是一种野茶，产在碧螺峰的石壁上，清代康熙年间被人发现了，采下来装在竹筐里装不下，便纳在怀里，茶叶沾了热气，透出一阵异香来，采茶人都嚷着"吓杀人香"。原来"吓杀人"是苏州俗语，在这里就是极言其香气的浓郁，可以吓得杀人的。从此口口相传，这种茶叶就称为"吓杀人香"。康熙南巡时，巡抚宋荦以此茶进献，康熙因它的名儿不雅，就改名为碧螺春。此茶的特点，是叶子都蜷曲，用沸水一泡，还有白色的细茸毛浮起来。初泡时茶味未出，到第二次泡时呷上一口，就觉得"清风自向舌端生"了。

从前一般风雅之士，对于吃茶称为品茗，原来他们泡了茶，并不是一口一口地呷，而是像喝贵州茅台酒、山西汾酒一样，一点一滴地在嘴唇上"品"的。在抗日战争以前，我曾在上海被邀参加过一个品茗之会。主人是个品茗的专家，备有他特制的"水仙""野蔷薇"等茶叶，并且有黄山的云雾茶，所用的水，据说是无锡运来的惠泉水，盛在一个瓦铛里，用松毛、松果来生了火，缓缓地煎。那天请了五位客，连他自己一共六人。一只小圆桌上，放着六只像酒盅般大的小茶杯和一把小茶壶，是白地青花瓷质的。他先用沸水将杯和壶泡了一下，然后在壶中满满地放了茶叶，据说就是"水仙"。瓦铛水沸之后，就斟在茶壶里，随即在六只小茶杯里各斟一些些，如此轮流地斟了几遍，才斟满了一杯。于是品茗开始了，我照着主人的方式，啜一些在嘴唇上品，啧啧有声。客人们赞不绝口，都说："好香！好香！"我也只得附和着乱赞，其实觉得和我们平日所吃的龙井、雨前是差不多的。听说日本人吃茶特别讲究，也是这种方式，他们称为"茶道"，吃茶而有道，也足见其重视的一斑。我以为这样的吃茶，已脱离了一般劳动人民的现实生活，实在是不足为训的。

山茶花

　　苏州拙政园中有十八曼陀罗华馆，庭前有山茶花十余株，曼陀罗华是山茶的别名，因以名馆。一九五六年春节，就在馆中举行山茶盆栽展览十天，庭前的山茶，还在含苞，而这几十个盆栽是放在温室中将花烘开的，种类有二乔、四面观音、东方亮、雪塔、槟榔、宝珠、六角银红、六角大红等等，只因时间较早，花开不多，不过给爱好山茶的人尝鼎一脔罢了。

云南所产山茶，居全国第一，称为滇茶。去春上海人民公园曾开过一个滇茶展览会，我没有看到，却在南京玄武湖公园里一餍馋眼。最使我念念不忘的，是鹤顶红一种，花瓣很像莲瓣，中心全都塞满，其大如碗，作深红色。可惜是盆栽，着花较少，如果上云南去看到一株大树，那么盛开时，定然如《滇中茶花记》所谓"一望若火齐云锦，烁日蒸霞"了。

欧洲也有山茶，大都是单瓣，而作红色和白色的。法国名作家小仲马所作小说《茶花女》，传诵全世界，女主角马克格妮儿，就是爱茶花成癖而经常把它作为襟饰的。英国一九一四年间，有少年作家贾洛业氏，任《少年报》记者，著小说《理想之妻》一部，披露报端，大受读者欢迎，尤其是一般女子，分外爱读，都想和他结识。有一位空军大佐朱曼高的爱女丽甘娟，更倾心于他，却没有机会和他接近。有一天大佐特地唤女儿在海滨作驾驶飞机的表演，遍请各报记者前去参观，贾洛业也在其内，一见之下，大为叹赏。大佐笑问："你那篇《理想之妻》中的对象是一个女飞行家，你瞧她可能中选么？"贾洛业大喜过望，从此就和丽甘娟结为爱侣，不久成婚。

二人都爱山茶花，常在花市徘徊欣赏。逾年，丽因所乘飞机失事，堕机而死。贾不胜痛悼，作《山茶曲》以寄意云："庭前山茶花，红白映窗纱。思君肠欲断，心绪乱如麻。山茶花！山茶花！去年花发时，人与花争春。今年花发时，不见去年人。花谢又花开，君去实堪哀！君与花同命，如何不再来？吁嗟乎！我所思兮在君侧，出门车马皆华饰。不见君兮我心悲，山茶为汝无颜色。"

关于汉明妃

　　号称京剧四大名旦之一的尚小云，和苏州有缘，去秋曾来苏演出，很受群众欢迎，今年暮春，前度刘郎今又来，在开明戏院上演了他的五出杰作。第一夜恰逢五一国际劳动节，演的是《汉明妃》，就是我国历史上所谓四大美人之一的王昭君。全剧分为七幕：选美人，昭君画像，汉宫秋，琵琶怨，献图发兵，昭君出塞，抗敌全贞，比旧时常演的那出《昭君和番》完美多了。小云虽已年近花甲，而化妆后丰容盛鬋，还像少艾模样，可惜是胖了一些。他的表情很为细腻，可说一丝不苟，嗓子也很响亮，唱几声真的是响遏行云，可以绕梁三日。他表演王昭君的哀怨，分外深刻，真所谓入木三分。

昭君名嫱，汉元帝宫女，有绝色。元帝后宫既多，就使画工画了她们的像，给他挑选，把最美的召进去，宫人们都贿赂了画工，把自己画得美一些，以求宠幸，独有王嫱不肯行贿，因此不能当选。那时呼韩邪单于自己说愿与汉族联姻，元帝为了要睦邻，就把嫱赐给了他。嫱远嫁异族，心中当然不愿，所以出塞时，马上琵琶，悲歌一曲，宣泄了无穷的哀怨。正如元曲中所说："渭城衰柳助凄凉，灞桥流水添悲怆。偏你便怎不断肠，一天愁都撮在琵琶上。"

昭君在塞外，每弹琵琶，都觉得不称意，因命重制一具，名之为"浑不似"，仍在怀念汉宫的琵琶，有今不如昔之慨。清代词人董舜民有《昭君怨》一阕咏之云："莫谓汉宫人巧。便有琵琶难肖。毳帐草萧萧。梦魂遥。　薄命玉容如此。值得一声情死。边月下祈连。影堪怜。"由琵琶而说到她的薄命，真是感慨系之。

后人对于汉元帝将王昭君遣嫁异族，都感不满，常有讥讽的话。如清代诗人王昶戏题《明妃出塞图》云："汉庭至计在和亲，凭仗良家静塞尘。将相俱应巾帼裹，麒麟阁上画何人？""云重天低塞雁呼，不辞风雪赴幽都。免教卫霍称飞将，待得功成万骨枯。"诗人惜玉怜香，当然要同情昭君的遭遇了。

　　二十年前，美国编剧家甘南，曾将王昭君的故事编成悲剧，命名《汉宫之花》，在纽约的大剧场中上演，由名伶李邱饰汉元帝，名女伶爱蝶丝·梅蒂生饰王昭君，居然轰动一时。我曾在杂志上见过他们的照片，看了那美国汉元帝和美国王昭君服装离奇，不由得笑了起来。

但有一枝堪比玉

"但有一枝堪比玉，何须九畹始征兰"，这是明代诗人张茂吴咏玉兰花的诗句，嵌上了玉兰二字，而也抬高了玉兰的身价。春分节近，气候转暖，一经春阳烘晒，春风嘘拂，玉兰的花蕾儿顿时露了白，不上二三天，就一朵朵地开放起来。我们搞园艺的，往往把玉兰当作寒暑表，每年春初一见玉兰花开，就知道不会再有冰冻，凡是安放在室内的盆树盆花，都可移出来了。

玉兰是落叶亚乔木，有高达数丈的，都是数百年物。枝条短而樛曲，很有风致，一枝一朵花，都着在枝梢，花九瓣，洁白如玉，有微香，与兰蕙相似。今年是玉兰的丰年，我园子里的一株，高不过丈余，着花数百朵，烂漫可观，可惜不能耐久，十天以后，就落英满地了。要是趁它开到五六分时，摘下花瓣来，洗净拖以面糊，用麻油煎食，别有风味。

苏州拙政园中部，有玉兰堂，榜额为明代大书画家文徵明手笔，遒逸不凡。庭前有老干玉兰，开花时一白如雪，映照得堂奥也觉得亮了起来。文氏也是爱好玉兰的，曾有七律一首加以咏叹："绰约新妆玉有辉，素娥千队雪成围。我知姑射真仙子，天遣霓裳试羽衣。影落空阶初月冷，香生别院晚风微。玉环飞燕原相敌，笑比江梅不恨肥。"他的诗友沈周，也有同好，曾有句云："韵友自知人意好，隔帘轻解白霓裳。"他简直把玉兰作为韵友了。

玉兰宜于种在厅堂之前，昔人喜把它和海棠、牡丹同植一庭，取玉堂富贵之意，在新社会中看来，实在是封建气味十足的。可是玉兰花盛开的时候，确也好看，甚至比作玉圃琼林，雪山瑶岛。明代诗人丁雄飞曾有《邀六羽叔赏玉兰》一简云："玉兰雪为胚胎，香为脂髓，当是玉厄、飞琼辈偶离上界，为青帝点缀春光耳。皓月在怀，和风在袖，夜悄无人时，发宝瑟声。佺瀹茗柳下，候我叔父，凭阑听之。"他将玉兰当作天上的所谓仙子，竟给予一个最高的评价。

洞庭东山紫金院里，有一株数百年的老玉兰，上半截早已断了，只剩几尺高，干已枯朽，只有一张皮还有生机，年年着花十余朵，多数是白色的，少数是紫色的，大概是把玉兰和辛夷接在一起之故。可惜树龄太老，树身太大，再也不能移植，如果能移植在盆子里的话，那是盆栽之王，盆栽之宝了。每年春初，这株老玉兰吸引不少人前去观赏，我祝颂它老而弥健，益寿延年！

神仙庙前看花去

农历四月十四日，俗称神仙生日，神仙是谁？就是所谓八仙中的一仙吕纯阳。吕实有其人，名岩，字洞宾，一名岩客，河中府永乐县人，唐代贞元十四年四月十四日生，咸通中赴进士试不第，游长安，买醉酒家，遇见了钟离权得道，不知所往。吕还是一位诗人，有诗四卷，我很爱他的绝句，如《牧童》云："草铺横野六七里，笛弄晚风三四声。归来饱饭黄昏后，不脱蓑衣卧月明。"

《绝句》云："朝游北越暮苍梧，袖里青蛇胆气粗。三入岳阳人不识，朗吟飞过洞庭湖。"《洞庭湖君山顶》云："午夜君山玩月回，西邻小圃碧莲开。天香风露苍华冷，云在青霄鹤未来。"这些诗倒也很有一些仙气的。

福济观，俗称神仙庙，又称吕祖庙，在苏州市阊门内皋桥东，就是供奉吕纯阳的所在。旧时每逢四月十四日，观中必打醮，香客都来膜拜顶礼。相传吕化为衣衫褴褛的乞食儿，混在观中，凡是害有疑难杂症的人，这一天倘来烧香，往往不药而愈，据说是仙人可怜见他而给他治愈的。这天到神仙庙来烧香或凑热闹的，叫做轧神仙。糕团店里特制了五色米粉糕出卖，称为神仙糕；有卖龟的，把大龟小龟和绿毛龟放在竹篓或水盆中求售，称为神仙龟；还有一般花农，纷纷挑了草本花和木本花来出卖，称为神仙花。总之无一不与神仙勾搭上了。

我们一般爱花的朋友，年年四月十四日，总得前去走一遭，并不是轧神仙，全是为了看花去的。因为从十二日到十四日，神仙庙前的西中市、东中市一带，成了一个盛大的花市，凡是城乡的花贩花农都将盆花集中于此。我们可以饱看姹紫嫣红，百花齐放，见有合意的，就买一些回去，不管它是神仙花不是神仙花，只要是自己心爱的花就得了。

旧时不但人民大众要来轧神仙，娼妓们也非来不可，一面烧香，一面买花，而尤其要买千年蒀，称为交好运，因为"蒀""运"两字是同音的。清代沈朝初有《忆江南》词云："苏州好，生日庆纯阳。玉洞神仙天上度，青楼脂粉庙中香。花市绕回廊。"解放以后，妓女也都解放了。学习技术，从事生产，真的是交了好运。每年农历四月十四日，不废旧俗，大家仍去轧神仙，我们也仍到神仙庙前看花去。

乞巧望双星

"苏州好，乞巧望双星。果切云盘堆玉缕，针抛金井汲银瓶。新月挂疏桅。"这是清代沈朝初的《望江南》词，是专为七夕望牵牛织女二星乞巧而作的。这一段美丽的神话，流传已久，几乎尽人皆知，就是戏剧中也有"牛郎织女"一出应时戏，每逢农历七月七日总要搬演一下。

神话的来源是这样的：据《荆楚岁时记》说：天河

之东，有织女，是天帝的女儿，年年在织机上劳动，织成云锦天衣。天帝怜悯她单身独处，许她嫁与河西牵牛郎。她嫁了之后，不再从事纺织，天帝一怒之下，就责令她仍回河东，只许每年七月七日，渡过天河去与爱人一会。天帝拆散这一对恩爱夫妻，似乎忒煞无情，然而织女一嫁就不再纺织，也是自取其咎。足见照神话的作者看来，劳动不但是人间应有之事，就是做了神仙，也是不许不劳动的。

苏州旧俗，在七夕的前一夜，妇女们将杯子盛了一半河水一半井水的所谓鸳鸯水，露在庭心，天明后在阳光下曝晒了一会，就把绣针丢下去，针浮在水面，水底的针影或粗或细，自能幻出种种物象，借此验看丢针的女孩子是巧是拙。这玩意儿苏州人称为磬（音笃）巧，北京人称为丢巧针，杭州人称为针影，据说是古代的穿针遗俗。清代吴曼云咏之以诗云："穿线年年约比邻，更将余巧试针神，谁家独见龙梭影，绣出鸳鸯不度人。"

七夕，苏州旧时人家有乞巧会，凡是女孩子都须参加，因又称为女儿节。她们往往在庭心或露台上供了香案，烧香点烛陈瓜果，各各礼拜牵牛织女二星，向他们俩乞巧。这天还得吃巧果，也是乞巧之意。所谓巧果，是用面粉和着白糖打成一个结，入沸油氽脆而成。这种巧果，在七夕前茶食店中早就制备了。现在敬礼双星的旧俗虽已废止，而巧果却仍是年年可吃。

据说织女渡过天河去和牛郎相会，是借重许多乌鹊作成一条桥的，因此称为鹊桥。还有一个可笑的传说，说每逢七月七日，乌鹊头上的毛都会无故脱落，就为了作桥梁给织女过渡之故。它们这种服务精神，倒是很可佩服的。鹊桥，自是很好的词料，所以词牌中也有《鹊桥仙》一调，如清代女词人袁希谢七夕调寄《鹊桥仙》云："银河耿耿，鹊桥填否？试想彩云堆里。双双曾未诉离愁，听壶漏三更近矣。　月光斜照，良辰易过，促织声催不已。年年此夕了相思，才了却相思又起。"又孙秀芬《蝶恋花》云："又见佳期逢七夕。乌鹊桥成，欲渡还娇怯。一岁离情应更切，银河执手低低说。　莫怪天孙肠断绝。修到神仙，尚有生离别。风露悄凉人寂寂，夜深独向瑶阶立。"这两位女词人都是深表同情于这一对神仙夫妇的别离的。

每年只有一个七夕，所以牛郎织女也只有一年一度的相会，除非逢到闰七月，再来一个闰七夕，那么他们俩就占到了便宜，可以再渡天河，再会一次了。清初词人董舜民，曾有《闰七夕》一词，调寄《八声甘州》云："再向银河畔，数佳期、相望又相邀。正欢娱此夜，一年两度，良会非遥。记得从前好合，离恨在明朝。更值秋光永，清漏迢迢。　天遣多情灵匹，却无情乌鹊，有意偏劳。看云开月帐，重与渡星桥。愿乞取羲和历日，算年年，长是闰今宵。何须叹、世间儿女，一别魂销。"词人多情，对于这一对神仙眷属的再度相会，也觉得高兴，所以词中充满着欢欣歌舞的情调，并且愿望年年有个闰七夕，好让他们俩年年多会一次了。

闲话十五贯

　　浙江昆苏剧团的昆剧《十五贯》，现在是一举成名天下知了。它在百花齐放中，竟变成了一朵大红大紫的牡丹花。一九五六年六月中旬，我到南京去出席江苏省文化工作者代表会议，可巧剧团也从北方来到南京。我对于团中的诸位名艺人本来是熟悉的，如今"他乡遇故知"，有机会重行看一看他们改编过的成功作《十五贯》，当然是高兴得手舞足蹈起来。

记得去秋剧团在苏州市演出时，每一个剧目，我都曾看过，对他们的精湛的艺术，一百二十分的佩服。老实说，我爱好昆苏剧，在其他剧种之上，可以说我是昆苏剧的一个忠臣，耿耿此心，始终不变。然而像我这样的忠臣，未免太少了。前次在苏州演出《十五贯》，尽管王传淞的娄阿鼠，周传瑛的况钟，朱国梁的过于执满身是戏，但卖座并不好，真是冤枉之至！

　　有一天我特地邀请诸位艺人和老友范烟桥兄一同到我家里来，举行一个咖啡座谈会，朱传茗同志恰从上海来，也欣然来会，大家对于卖座不好，都莫名其妙，艺人们还虚心地要我们提供改进的方法。我建议把昆苏剧分家，昆是昆，苏是苏，不要混在一起，两不讨好，艺人们深以为然，可是当时也没有作出结论。

　　他们到了上海之后，和几位昆剧专家共同商讨，把《十五贯》删繁就简，去芜存菁，改编了一下，演出时便大红特红，客满了一个多月。我这忠心耿耿的忠臣，一听得了这好消息，总算吐出了一口闷气，为艺人们额手称庆。

四月间剧团到了北京，又在北京演出了《十五贯》，竟达到了惊天动地的地步。毛主席和周总理等都一再观赏，大加嘉奖，以为是一部富于人民性、教育性、思想性、艺术性的好戏，并且希望各剧种向他们看齐，向他们学习，真所谓真金不怕火烧，终于遇到识货的人了。

我们在南京的最后一夜，就在人民大会堂看到了他们的招待演出，改编过的《十五贯》已把骈枝式的熊友蕙和豆腐店童养媳的一段冤情删去了。昆苏也分了家，还了原，成了纯粹的昆剧，唱词中如【山坡羊】【红芍药】【点绛唇】【天下乐】【粉蝶儿】等等，都是昆腔，十分动听，词句是通俗化了，容易了解，而他们的演技，也达到了炉火纯青的境界。

苏州市苏剧团学员队接着也排演了《十五贯》，第一次在政治协商委员会议的文娱晚会上演出，居然头头是道，楚楚可观。我先登台作开场白，说了许多鼓励的话，末了说：《十五贯》的大名虽已如雷贯耳，容易号召，而我们仍要一以贯之地爱护他们，培养他们，使他们一天天壮大起来，千万不要忽视这一份新生力量。今后我要像京剧《三娘教子》里那个忠心耿耿的老家人老薛保一样，全心全意地帮助主母把小东人好好地教养长大，指望他一飞冲天，一鸣惊人。

蔗浆玉碗冰泠泠

"蔗浆玉碗冰泠泠",是元代顾阿瑛的诗句,从这七个字中,我们可以体会到用玉碗盛着蔗浆喝,冰冷沁齿的意味,顿时觉得馋涎欲滴。所谓蔗浆,就是现代的甘蔗露,在苏州市的街头巷口,几乎到处可以喝到的。蔗浆二字,唐代已经沿用,杜甫诗中,有"茗饮蔗浆携所有"句,王维诗也有"大官还有蔗浆寒"之句。宋代钱惟演句:"蔗浆销内热。"陆游句:"蔗浆那解破余酲。"可见唐宋时代的人，就很爱好蔗浆了。

老年人齿牙摇落，不能大嚼甘蔗，于是以蔗浆为恩物。暮春三月，苏州的许多水果铺、水果摊就开始供应蔗浆了，旧时用木制的榨床，把切成的段头榨出浆来，现在改用了金属的压榨机，更觉便利而清洁，现榨现卖，盛以玻璃杯，大杯一角五分，小杯九分，全市一律如此。我也偏爱蔗浆，觉得比汽水更为甘美适口，并且有销除内热的功效。从前甘蔗以广东所产的最为著名，而浙江塘栖的产品也不坏；现在苏州的蔗浆，大都是用塘栖甘蔗来榨成的。据说以上海之大，却喝不到蔗浆，所以上海人来游苏州，就要大喝一下，这是水果铺中人告知我的。

甘蔗榨过了浆而剩下来的渣，无非晒干了当燃料用，或者就丢掉了。可是在十余年前，美国加里福尼亚州有一个糖厂中的职员名唤甘来·南尔生的，在甘蔗渣中发现了大量坚韧的纤维质素，费了一年多的心力，发明了一种甘蔗砖。他在这纤维质素中加入了琉璜、土沥青油，和其他几种化学原料，更在空气的重压力下压制而成。试验之后，证实用一块一公尺见方的甘蔗砖，放在一辆二十吨重的辗路车轮下连续压辗七次，并未压碎，可见其坚韧了。当时就由十多处筑路局，采用了这甘蔗砖，作为筑路的材料。营造厂中也大量采用，因砖面多孔，可以调和声响，没有回声，所以用来建造剧场、音乐厅和电影院，都是非常适宜的。现在我国剧场的四壁和天棚，也多数利用甘蔗板了。

晋代大画家顾恺之，每嚼甘蔗，总从梢尾嚼到老头，人以为怪，他说："渐入佳境！"因此俗有"甘蔗老头甜"之说；而老年人处境好的，称为"蔗境"。我们老一辈的人，眼见得祖国欣欣向荣，老怀欢畅，也可说是甘蔗老头甜了。

和台风搏斗的一夜

一九五六年七月下旬，虽然一连几天，南京和上海的气象台一再警告十二级的台风快要袭来了，无线电的广播也天天在那里大声疾呼，叫大家赶快预防，而我却麻痹大意，置之不理。大概想到古人只说"绸缪未雨"，并没有"绸缪未风"这句话，所以只到园子里蹓跶了一下，单单把一盆遇风即倒的老干黑松从木板上移了下来，请它在野草地上屈居一下。而我那几间平屋，一座书楼，倒像是两国战争时期不设防的城市，一些儿防备都没有。

八月二日的下午，台风的先头部队已经降临苏州，我却披襟当风，心安理得，自管在书楼上给上海文化出版社继续写一部《盆栽趣味》，一面还听着无线电中的音乐，连虎啸狮吼般的风声也充耳不闻。哪里料到《盆栽趣味》没有写完，这一夜就饱尝了苦于黄连的台风滋味呢。

入夏以来，我是夜夜独个儿睡在那座书楼上的，前年五月，儿女们为了庆祝我的六十岁生日，在东厢凤来仪室的上面，起建了一座小小书楼，名为"花延年阁"，这原是我十余年来的愿望，总算如愿以偿了。这书楼四面脱空，一无依傍，倒像是个遗世独立的高士，而这夜可就做了台风袭击的中心。大约在十一点钟的时候，台风的来势已很猛烈，东北两面的玻璃窗，被刮得格格地响着，加上园子里树木特多，被风刮得分外的响。我听了有些害怕，便抱着枕头和薄被，回到楼下卧室里来。

正在迷迷糊糊快要入睡的当儿，猛听得楼上豁琅琅一片响声，我大吃一惊，立时喊一声"哎哟"，从床上跳了下来，趿着拖鞋，忙不迭和妻赶上楼去，却见北面

读新闻日报生活小品知苏城紫兰
小筑为飓风所袭诗以慰问

瘦鹃伉俪

小小山林小小园主
人胥次地夭宽一
诗将我绸缪意呵
示封姨莫作顽

黄炎培

1956. 8. 14. 北戴河

那扇可以远望双塔的冰梅片格子的红木大方窗，已被击破，玻璃落地粉碎，连窗下那座十景矮橱顶上一尊乾隆佛山窑的汉钟离醉酒造像也带倒了。这是我心爱的东西，即忙拾起来察看，还好，并没有碎。此外打碎了一只粉彩凤穿牡丹的瓷胆瓶，和一个浮雕螭虎龙的白端石小瓶，这损失不算大，台风伯伯还是讲交情的。

回到了楼下，又回到了床上，听那风刮得更响了，我想怎样可以入睡呢？没有办法，只得向妻要了两团棉花，塞在两个耳朵里，风声果然低下去了。歇了一会，妻还是不放心，重又上楼去看看，我却自管高枕而卧，不料一霎时间，我那塞着棉花团的耳朵里，仿佛听得妻的惊呼之声。我料知"东窗事发"，不由得胆战心惊，霍地跳起身来，飞奔上楼，只见妻呆立在那里，而靠北的一扇东窗，不知怎样飞去了，我的心立刻向下一沉，想窗兄做了这"绿珠坠楼"的表演，定然要粉身碎骨的了。那时狂风挟着雨片，疾卷而入，连西窗下安放着的书桌也打湿了，桌上的所谓"文房四宝"和小摆设之类，都湿淋淋地变成了落汤鸡。我不知哪里来的勇气，竟像当年洪水决堤时将身抵住缺口的英雄们一样，随手拖了一条席子和一张吹落下来的窗帘，双臂像左右开弓似的，用力遮着窗口，可是没有用，身上的衣裤都给打湿了。风雨还是猛扑着，几乎把我扑倒，而一口气也几乎透不过来。

妻赶下楼去报警呼援，于是整个屋子的人，都赶上来了，捐来了一扇板门，替我抵住了窗口，大家手忙脚乱地去找铁锒头，找长钉子，把那板门牢牢钉住在上下的窗槛上，总算又把台风伯伯挡住了驾。

可是台风见我们有困难，也有办法，当然不甘心默尔而息，更以全力进攻。正在提心吊胆的当儿，只听得格的一声，靠南的一扇东窗又不翼而飞了。我喊一声："天哪！"没命地扑向前去，扯起窗帘来抵住窗口，和无情的风雨再作搏斗。好不容易到园子里找到了那扇飞去的窗，回上来放在原处，又把长钉上下钉住了，总算又把台风伯伯挡住了驾。

天快要亮了，我们五个人通力合作，做好了这些起码的防御工事，筋疲力尽地退回后方休息，而这座明窗净几的书楼，早已变了个样，仿佛变做了王宝钏苦守十八年的寒窑。楼外的台风伯伯似乎向我冷笑道："你还要麻痹么？你还要大意么？这回子才叫你晓得咱老子的厉害！"我只得苦笑着道："台风伯伯，我小子这才领教了！"

枣

已是二十余年的老朋友了，一朝死别，从此不能再见，又哪得不痛惜，哪得不悼念呢！这老朋友是谁？原来是我家后园西北角上的一株老枣树，它的树龄，大约像我一样，已到了花甲之年，而身子还是很好，年年开花结实，老而弥健。谁知一九五六年八月二日的夜晚，竟牺牲于台风袭击之下，第二天早上，就发现它倒在西面的围墙上，早已回生无术了。

我自二十余年前住到这园子里来时，它早就先我而至。只因它站在后园的一角，地位并不显著，凡是到我家里来的贵宾们和朋友们从不注意到它。可是我每天在后门出入，总看到它直挺挺地站在那里，尤其是我傍晚回来的时候，刚走进巷口，先就瞧见了它，柔条细叶，在晚风中微微飘拂，似乎向我招呼道："好！您回来了。"这几天我每晚回来，可就不见了它，眼底顿觉空虚，心底也顿觉空虚，真的是怅然若有所失！

老朋友是从此永别了。幸而我在前三年早就把它的儿子移植到前园紫藤架的东面，日长夜大，现在早已成立，英挺劲直，绰有父风，年年也一样的开花结实，勤于生产，去年还生了个儿子，随侍在侧，将来也定有成就。我那老朋友有了这第二代第三代，也可死而无憾了。

枣别名木蜜，是落叶亚乔木，干直皮粗，刺多叶小，入春发芽很迟，五月间开小淡黄花，作清香，花落随即结实，满缀枝头，实作椭圆形，初青后白，尚未成熟，一熟就泛成红色，自行落下，鲜甜可口，是孩子们的恩物。枣的种类很多，据旧籍所载，不下八十种，有羊枣、壶枣、丹枣、棠枣、无核枣、鹤珠枣、密云枣诸称，甚至有出在外国的千年枣、万岁枣，和带有神话意味的仙人枣、西王母枣等，怪怪奇奇，不胜枚举。一九五一年夏，我因嫁女上北京去，在泰安车站上吃到一种芽枣，实小而味甜，可惜其貌不扬。我所最最爱吃的，还是北京加工制过的金丝大蜜枣，上口津津有味，肤美极了。

古代关于枣的神话很多，说甚么吃了大枣异枣，竟羽化登仙而去，只能作为谈助，不可凭信。而枣的文献，魏、晋时代早就有了，唐代大诗人白乐天也有长诗加以赞美，结尾有云："寄言游春客，乞君一回视。君爱绕指柔，从君怜柳杞。君求悦目艳，不敢争桃李。君若作大车，轮轴材须此。"这就说出了枣树的朴素，不足以供欣赏，而它的木质很坚实，倒是材堪大用的。他如宋代赵抃有"枣熟房栊暝，花妍院落明"，黄庭坚有"日颗曝干红玉软，风枝牵动绿罗鲜"之句，而最有风致的，要推明代揭轨的一首《枣亭春晚》："昨日花始开，今日花已满。倚树听嘤嘤，折花歌纂纂。美人浩无期，青春忽已晚。写尽锦笺长，烧残红烛短。日夕望江南，彩云天际远。"他的看法，又与白乐天不同，不过他是别有寄托，而借枣花来抒情的。

鲁迅先生在《秋夜》中曾对枣树加以描写："枣树，他们简直落尽了叶子。先前，还有一两个孩子来打他们别人打剩的枣子，现在是一个也不剩了，连叶子也落尽了。他知道小粉红花的梦，秋后要有春；他也知道落叶的梦，春后还是秋，他简直落尽叶子，单剩干子,(中略)而最直最长的几枝，却已默默地铁似的直刺着奇怪而高的天空，使天空闪闪地鬼眨眼；直刺着天空中圆满的月亮，使月亮窘得发白。"这一节是描写得很美的。我后园里的老枣树，也有这样的景象。可是从此以后，它不会再默默地铁似的直刺着奇怪而高的天空。

说也奇怪！我满以为这株老枣树已被台风杀死了。谁知到了今春，忽又复活，尽管大部分的根已经拔起，而小部分还在地下；尽管倒在墙上，分明已没了生机，而不知怎的，经过了杏花春雨，那梢上的枝条，竟发起叶来，依然是青翠可爱。这就足见我这位老朋友是如何的有力量，台风任是怎样凶狠，也杀不了它，它竟复活了，将顽强地活下去，无限期地活下去。

谈虎

　　昔人有"谈虎色变"之说，因为大家都怕虎威，所以一谈起虎，就要色变；而现在谈虎却不会色变，一变而为色喜了。一九五七年春节以来，苏州市民都在喜孜孜地谈虎，因为城东动物园中新从哈尔滨运来了一对乳虎，吸引了不少人前去观赏，第一天就有一万六千多人，打破了一年来的纪录。这两头虎虽出生只有半年，而长得已很苗壮，据说每天各要吃六斤牛肉，四磅牛乳，也可算得是养尊处优的了。

武松景阳岗杀虎这回事，几乎妇孺皆知，曾听上海市评弹工作者杨振雄说武松，杀虎一回，居然把他的雄姿壮概曲曲表达出来，大家都好像亲见他正在献着好身手，不由得啧啧赞叹道："英雄！英雄！"然而《水浒传》中武松像赞，却说："杀虎未为武，邱嫂猛于虎。"那又似乎轻视他的杀虎而称许他的杀嫂了。

宋代大诗人陆放翁，有《大雪行》一章，写豪士杀虎，一种英迈之气，力透纸背而出，诗云："长安城中三日雪，潼关道上行人绝。黄河铁牛僵不动，承露金盘冻欲折。虬髯豪客狐白裘，夜来醉眠宝钗楼。五更未醒已上马，冲雪却作南山游。千年老虎猎不得，一箭横穿雪皆赤。拿弓争死作牛吼，震动山村裂崖石。曳归拥路千人观，髑髅作枕皮蒙鞍，胡不来归汉天子。"这一位豪士的杀虎，是在马上用箭来射杀的；而武松却是先用棍棒后徒手，其难易就差得远了。

游西湖总得一游虎跑，喝一盏泉水沏的香茗，自是一乐。虎跑在大悲山麓，相传唐代有高僧性空住在山中，有一年苦旱，忽然来了两头虎，抓地出水，潴蓄成泉，因此名之为虎跑。茶堂中旧有一画，就画着一头虎在那里用爪抓地，泉水大涌，笔触很雄健，却不知是谁画的。

咖啡琐话

一九五五年仲夏莲花开放的时节，出阁了七年而从未归宁过的第四女瑛，偕同她的夫婿李卓明和儿子超平，远迢迢地从印尼共和国首都雅加达城赶回来了，执手相看，疑在梦里！她带来了许多吃的穿的用的和玩的东西，内中有一方听雪白的砂糖和一方听浓香的咖啡粉，她是一向知道老父爱好这刺激性的饮料的。据她说：在印尼，无论是土著或侨民都以咖啡代茶喝，往往不放糖和牛乳，好在咖啡豆磨成了粉末，只须用沸水冲饮，极为方便。我已好久喝不到好咖啡了，这时如获至宝，喜心翻倒。从去夏到今春，每星期喝两次，还没有完。有时精神稍差，就得借它来刺激一下。

咖啡是热带的产物，南美洲的巴西国向以咖啡著名，而印尼所产也着实不坏。树身高约二丈，叶对生，作椭圆形，尖如锥子，开花作白色，香很浓烈，花谢结实，像黄豆那么大，采下来焙干之后，就可磨细煎饮了。

咖啡最初的产生，远在十五世纪，有一位阿拉伯作家的文章中，已详述它的种植法，而第一株咖啡树，却发现于阿拉伯半岛西南角的某地。后来咖啡的种子外流，就普及于其他地区，成为世界饮料中的恩物，可以和我国的红绿茶分庭抗礼。

咖啡是舶来品，是比较新的东西，所以我国古代的诗人词客，从没有把它作为吟咏的题材的。到了清代，咖啡随欧风美雨而东来，遍及大都市，于是清末的诗词中，也可看到咖啡了。如毛元征的《新艳诗》云："饮欢加非茶，忘却调牛乳。牛乳如欢甜，加非似侬苦。"潘飞声《临江仙》词云："第一红楼听雨夜，琴边偷问年华。

画房刚掩绿窗纱。停弦春意懒，侬代脱莲靴。 也许胡床同靠坐，低教蛮语些些。起来新酌加非茶。却防憨婢笑，呼去看唐花。"我也有一阕《生查子》词："电影上银屏，取证欢侬事。脉脉唤甜心，省识西来意。 积恨不能消，狂饮葡萄醉。更啜苦加非，绝似相思味。"其实咖啡虽苦，加了糖和牛乳，却腴美芳香，兼而有之。相思滋味，有时也会如此，过来人是深知此味的。

咖啡馆的创设，还在十五世纪中叶，阿拉伯的城市中，几乎都有咖啡馆，因为从沙漠里来的行商骆驼队，都跋涉长途，口渴不堪，就得上咖啡馆来解解渴，于是咖啡馆风起云涌，盛极一时。一般阿拉伯人渐渐地爱上了咖啡馆，日常聚集在那里，聊聊天，取取乐，以致耽误了正当的工作。甚至政治上的阴谋，也从咖啡馆中产生出来，一时闹得乌烟瘴气。于是掌握政权的主教们大发雷霆，下令取缔咖啡馆，凡是上咖啡馆去喝咖啡的人都要处刑。当时君士坦丁等各地的咖啡馆纷纷倒闭，而在阿拉伯最最著名的咖啡"摩加"，已曾专卖了二百多年，几乎没有人问津，只得另找出路，流入了意大利的水城威尼斯。

十六世纪的中叶，法京巴黎的咖啡馆，多至二千家，而英京伦敦，更多至三千家，虽曾经过一次大打击，被迫关门，后来卷土重来，变本加厉，甚至喊出了口号："我们要从咖啡馆中改造出新的伦敦，新的英吉利来！""咖啡馆是新伦敦之母！"也足见其对于咖啡馆的狂热了。

苏州在日寇盘踞的时期，也有所谓咖啡馆，门口贴着"欢迎皇军"的招贴，由一般荡女淫娃担任招待。丑恶已极！我偶然回去探望故园，一见之下，就疾首痛心，掩面而过。那时老画师邹荆庵前辈已从香山回到城中故居，他是爱咖啡成癖的，密藏着好几罐名牌咖啡，而以除去咖啡因的"海格"一种为最，我们痛定思痛，需要刺激，他老人家就亲自煎了一壶"海格"，相对畅饮，我口占小诗三绝句答谢云："卢仝七碗浑闲事，一盏加非意味长。苦尽甘来容有日，借它先自灌愁肠。""白发邹翁风雅甚，丹青写罢啜加非。明窗静看丛蕉绿，月季花开香满衣。"（翁喜种月季花）"瓶笙声里炎炎火，彝鼎纷陈闻妙香。我欲晋封公莫却，加非壶畔一天王。"原来苏州人多爱喝茶，爱咖啡的不多，像邹老那么罗致名品，并且精其器皿的，一时无两，真可称为咖啡王了。他老人家去世三年，音容宛在，我每对咖啡，恨不能起故人于地下，和他畅饮一番，并对他说：现在苦尽甘来，与国同休，喝了咖啡更觉兴奋，不必借它来一灌愁肠了。

探梅记

从前文人墨客以及所谓"风雅之士"，或骑驴，或踏雪，到山坳水边去看梅花，称为探梅。虽说是"十月先开岭上梅"，梅花开得特别早，但现在才交九月，菊花尚未含苞，又从哪里去探梅呢？原来此梅不是那梅，我所探的，即是一九五六年九月三日夜晚才从北京到达上海的京剧大艺人梅兰芳先生。

偶然的机缘巧合，我和老友范烟桥兄在同一天搭着同一班火车从苏州到上海来；又是机缘巧合，恰好在一个宴会上遇见了，我们俩倒像是被台风的边缘刮在一起似的。桥兄对我说："昨晚上梅兰芳先生恰也来了，停会儿我们一同去探看他一下可好？"我一迭连声地回说："好！好！好！"原来这两年来我们俩负着一个使命，就是代表苏州市邀请梅先生去作一次短期的演出。年初梅先生早就应允今秋要捉空儿来苏一行。我们此去就是要问一问梅花消息：这两年来苏州的文艺园地上果然也百花齐放了，能不能让苏州人早日欣赏这一枝"开在百花先"的梅花。

先到嵩山路吴湖帆兄的画寓，由吴兄打了个电话去问梅先生可在家里。接听的是葆玖世兄，回说昨晚上他老人家从北京一路下来，太累了，正在打盹，可于四点钟后前去访问。那时还只两点半，于是我们就说古论今，谈词读画，挨到了四点钟，才一块儿上梅家去。

我们三人先在楼厅里坐候，享受着烟和茶。我是爱好陈设的，就举目四看，见西壁上挂着一个横额，是清代嘉庆时一位名书家所写的篆体"艺效轩"三字，很为古雅，两旁是两幅缂丝的山水人物，古色古香，合成双壁。下方是一个曲尺形的书架，插架的全是各种图书，琳琅满目。东壁客座之后，也有一个曲尺形的书架，却陈列着好多件白地青花的瓷笔筒和瓷花盆，多系清代康、雍、乾、嘉时物。上方很突出地挂着一大幅墨笔的古松与老梅，据湖兄说，这是梅先生作画的老师汤定之先生的遗笔，老干虬枝，苍劲不凡。我正在凝神地欣赏着，而梅先生已翩然走进来了，彼此握手道好，喜形于色。

记得那年大儿铮在十三层楼结婚的那天，梅先生曾光临道喜，一转眼已十二年了，十二年来还是第一次重逢，怎么不喜心翻倒。他说我并不见老，而我瞧他也发了胖。在这祖国欣欣向荣的大时代里，他当然要心广体胖，而我也当然要越活越年青了。

梅先生先就谈起五月中访日演出的经过，那些日本的旧友们一见了他，都热情地和他握手拥抱，并且对于八一三事变表示歉意，有的说着还流出了眼泪。他先后在东京、京都、大阪等五地演出了三十二场，受到了日本人民热烈的欢迎，而其他国家的男女观众，也着实不少。梅先生又说起日本艺人们演出古典戏剧时，舞台上与中国旧时代的场面大略相同，乐队、歌唱者和检场的，都在台上的后半部，而前半部就在演出，与我国所不同的，演员只作道白和表演，唱由歌唱者代劳。他们的旦角儿也由男演员担任，有一位七十多岁的名艺人，有时还要扮成一个丰容盛鬋的妇女，上台去表演一下哩。我问起这回同去日本的欧阳予倩先生，也是三十年前的老友，近来身体可好？梅先生说他当年曾在日本留学，故旧很多，文艺、学术界方面的朋友都欢迎他，请他参加讲话、座谈、联欢活动。他非常兴奋，因为过于疲劳，关节痛风的旧病复发，遇到游览名胜的时候，日本朋友给他预备了一把轮椅代步，倒也方便。

　　桥兄这一年来正主管着苏州市的文化事业，最关心的就是梅先生去苏演出的问题，于是言归正传，重申前请，很婉转地说出苏州市五十多万人正伸长了头颈，老是盼望梅先生大驾光临，让他们一饱眼福和耳福；而我也在旁边敲着边鼓，说在私言私，就是我这苏州市五十多万人中的一人，也十多年没有欣赏梅先生的妙艺了，有时只得检出三十余年前见赠的几帧玉照看看，也算是"望梅止渴"。说得梅先生笑了起来。

　　桥兄忙又问起此次在上海演出后，作何打算？梅先生回说，在上海先由葆玖上演，才由他接上去演几个戏，演完之后，因各地预约在先，将作轮回演出，可能先到杭州，然后再往南昌、长沙，因为这样安排，旅途上可以节省人力与物力不少。这次演出之后，打算在下一次巡回演出中，首先就和苏州观众见面。我们就向他祝福，希望他经过了这次巡回演出，老当益壮，有以慰苏州人如饥如渴的喁喁之望。

我们畅谈了一小时，怕梅先生太累了，就起身告辞，在走下楼去时，湖帆兄忽然说了一句笑话，说今天我们四个人的年龄，恰可凑满一个"二百五"。我抢着指儿一算：他们"三马同槽"，都是六十三岁，加上我"一羊开泰"，是六十二岁，合算起来，真的险些儿变了"二百五"，幸而我们一共是二百五十一岁，已经超额了。一路上嘻嘻哈哈，走完了楼梯，直到门外，大家才珍重别去。这一次的探梅，又给予我一个轻松愉快不可磨灭的印象。

百花齐放中的一朵好花

　　昆剧无疑地是百花齐放中一朵古色古香的好花，在它四百余年悠久的生命史中，曾有过光辉的一页。可是近年来它那产地所在的苏州专区人民，看到昆剧却很少了。

　　一九五六年十月上旬，江苏省文化局和苏州市文化局主办昆剧观摩演出，在新艺剧场举行，一共是九个夜场和两个日场，这是空前未有的盛举，轰动一时。浙、皖、闽、赣、粤等省的各剧种都派代表来观摩，甚至北京和昆明方面的专家们，也不远千里而来。这标志着昆剧的复兴，已走上了光明和远大的道路。

这次演出的有浙江昆苏剧团"传"字辈的名艺人，有上海戏曲学校的学员和苏州苏剧团的学员，有苏、沪两地的昆剧名票友，并且有北方来的昆剧专家，真是璧合珠联，花团锦簇，使这文艺园地里的一朵好花，更开得大红大紫。

徐凌云、俞振飞两先生，是上海昆剧名票友中的两大台柱，最受观众的热爱，每一出场，掌声雷动，徐先生精研昆剧，已有五十年的历史，无所不能，也无所不工，这一次他在《连环记》《小宴》中串王允，是老生；在《荆钗记》《见娘》《梅岭》中串王十朋母，是老旦；在《借茶》《卖兴》中串张文远和来兴，是小丑；在《风筝误》《惊丑》中串彩旦，多种多样，有声有色，使观众都看得出神。他老人家在年青时常串吕布，曾有"活吕布"的称号。我很想看看当年"活吕布"的威风，请他来一下，剧目中也已排好他串演《梳妆射戟》中的吕布了，但是临时抽去。据他对我说："毕竟是七十一岁的老头儿了，腰腿工夫都差，怎么还能串那英姿飒爽的吕布！"其实我看他腰脚还很轻健，譬如串那《绣襦记》中的书童来兴时，忽坐忽立，忽卧忽跪，与年青人一般灵活，哪里像是七十一岁的高年，不过串起吕布来，扮相当然要差了。他的哲嗣子权也随同演出，串《贩马记》中的李奇、《望湖亭》中的颜大麻子，唱做都好，不愧是将门之子。

俞振飞先生是昆剧中的唯一名小生，风流潇洒，一时无两。他天赋一条好嗓子，调高响逸，分外动听，并且为了善于变化切音，字字都很清楚。至于他的演技，更入了神化之境，无论亮一亮相，甩一甩袖，以至台步身段，眼风笑声，和脸上表现出来的喜怒哀乐之情，都足使人欣赏。这次他串了《连环记》中的吕布、《荆钗记》中的王十朋、《狮吼记》中的陈季常、《风筝误》中的韩琦仲，更在《长生殿》中串了老生唐明皇和李太白，真是能者多劳，而劳的成绩又是首屈一指的。他和张娴合演的《玉簪记·琴挑》，更是一件美绝精绝的艺术品，是一幅活的工细的仕女画，可以比作仇十洲的得意之笔。

各位"传"字辈的名艺人，是这次观摩演出中的骨干，每一个剧目，几乎都有他们一份，或作主角，或作配角，都能显示出他们艺事的老到。我尤其欣赏张传芳的《思凡》，王传淞的《狗洞》和《活捉》，华传浩的《醉皂》和《扫秦》，朱传茗的《芦林》。传淞、传浩的表演出神入化，真是丑角儿中的一对宝货。所可惜的，传芳的脸蛋胖了一些，传茗的嗓子哑了一些，未免有美中不足之感。

其他名票友参加演出的，有王吉儒的《游园》，看了这大名，总以为是个酸溜溜的读书人，谁知却就是当年上海人所熟知的王洁女士，她饰杜丽娘，表演也很细腻，配以包世蓉的春香，牡丹绿叶，相得益彰。顾森柏、应蕴文等的《贩马记》，从《哭监》《写状》到《三拉》《团圆》，十分热闹，顾森柏饰赵宠，风度翩翩，谁也不会相信他已五十八岁了。苏州市当地的名票友，只有姚轩宇昆仲参加，演出了《搜山》《打车》，轩宇的程济，活生生地刻画出一位有肝有胆的忠臣来，的是老斫轮手。北京昆剧名家的演出，我最欣赏白云生的《拾画》《叫画》，一切的一切，都与振飞有虎贲中郎之似，不愧是北方之雄。侯永奎的《打虎》，虎虎有生气，使人有武松犹在人间的感想。

苏州市苏剧团学员们演出了《断桥》，上海戏曲学校学员们演出了《出猎》《回猎》和《芦花荡》，唱做都已入彀，博得一致的好评。我们要额手庆幸昆剧已有接班人了。

彩凤"振飞"、"凌云"直上，我借这两位昆剧大家的大名，为发扬光大的昆剧前途祝。

回首当年话昆剧

我是一个昆剧的爱好者，朋友中又有不少昆剧家，最最难忘的，就是擅长昆剧的袁寒云谱兄，当年他因反对他的父亲（袁世凯）称帝，避地上海，每逢赈灾救荒举行义演时，他总粉墨登场，串演一两出昆剧，使我印象最深的，就是那出《八阳》，他饰的是亡国之君建文帝，真的是声容并茂，不同凡俗。唱那句"把大地山河一担装"时，悲壮激越，至今还是深印在我的心版上，如闻其声。记得有一年嘉兴举行赈灾游艺会，请寒云兄去串演昆剧，他拉我同去，会场设在精严寺，节目很多。昆剧连演两夜，第一夜是《长生殿》的《小宴》《惊变》，第二夜是《折柳》《阳关》，都由平湖昆剧家高叔谦饰旦角，和他合演，相得益彰，博得了很好的评价。在上海时，我又屡次看到昆剧名票友们的会演，最突出的就是徐凌云、俞振飞两先生，可说是祥麟威凤，一时无敌。徐先生多才多艺，甚么角儿都会一手，并且都很精工，在年青的时候，串演《连环记》中的吕布，曾有"活吕布"之称。最难得的，他还能串那《安天会》中的齐天大圣孙悟空，这一个跳跳蹦蹦活泼泼的猴子王，实在是不容易应付的。他要是串丑角儿吧，像《借茶》中的浪子张三郎，会演的人很多，可是和他一比，就有雅俗之分。俞先生是昆剧前辈俞粟庐先生的哲嗣，渊源家学，腹有诗书，又天赋一副好扮相，一条好喉咙，只要他一出场，就会使人精神一振，尽量地享受耳目之娱。他的一甩袖，一亮相，唱一句，笑一声，都有一种吸引人的魅力。他的杰作《贩马记》《连环记》《玉簪记》等，我都曾看过，风流儒雅，给予我一个不可磨灭的印象。后来他以名票友下海，与梅兰芳先生配演京剧，有时也演演昆剧，真是璧合珠联，出出都成了极优美的艺术品。

昆剧的基本队伍，当然要算浙江昆苏剧团中和担任上海戏曲学校教师的几位"传"字辈的名演员了。三十五年前，苏州的几位昆曲家创办了昆曲传习所，招收了十余名学生，都以"传"字嵌在名字里，地点在桃花坞的五亩园，这就是今天各位"传"字辈名演员的摇篮，是昆剧中兴的发祥之地。后因苏州方面财力不足，由上海企业家穆藕初先生接办下去，扩大了学额，学生多至五十余人，穆先生自己也是一位名曲家，提携后进，不遗余力，把这传习所办得很好。学生们学成之后，就组成了"新乐府"，后又改名"仙霓社"，先后在笑舞台、大世界、小世界、新世界等游艺场中演出，我是经常去作座上客的。那时"传"字辈的名演员都还年青，而艺术都很老练，为一般昆曲迷所欣赏，可是曲高和寡，终于没落了。

最近在苏州举行的昆剧观摩演出，真是数十年未有的盛举，也给昆剧奠定了一个复兴的基础。我抱着病，连夜前去观赏，乐此不疲，简直把病魔也打退了。徐先生年逾古稀，而俞先生也入了中年，而他们声容如旧，还是年青得很。"传"字辈的各位名演员，艺事精益求精，已达到了炉火纯青的境界，他们并且培养好了新生力量，中如包世蓉、张世萼、龚世葵等，就是许多"世"字辈的小艺人，现在都已脱颖而出，前途无可限量。

"云、飞"二三事

　　这一次昆剧观摩演出,轰动了整个苏州市,真是有万人空巷之盛。徐凌云、俞振飞二大家的妙艺,更是有口皆碑。我和他们俩都是二三十年的老朋友,连夜抱病看了他们的演出,喜心翻倒,可惜没有机会和他们畅谈一下。一天下午,徐、俞二先生忽然光临了我的小园,徐子权先生也惠然肯来,使我喜出望外,促膝谈心,获得了莫大的安慰。现在且不谈艺事,来谈谈他们的"私底下"。

　　徐先生今年七十一岁了，还是精神饱满，一些儿没有老态。他在抗日战争期间，曾害过好几年的糖尿病，因为调理得当，早已痊愈了。他生平的爱好是多方面的，而且样样都精，除了曲艺外，也爱好古玩，爱好花鸟虫鱼，和我的爱好略同。三十年前，他在康定路上有一座园子，名叫"双清别墅"，俗称"徐园"，备具亭台花木之胜，荷池假山，布置脱俗。我于文事劳动之暇，常去盘桓，顿觉胸襟一畅。曾有一个时期，他在园后辟地数弓，架木为台，供昆曲传习所的生徒们排戏演出。那时周传瑛、王传淞、朱传茗、张传芳诸名艺人，都还年轻，并且还有一个后来转入商界的名小生顾传玠，他们合伙儿在这里演出，我曾看过不少好戏。徐先生爱护他们，如同自己的子侄，天天周旋其间，顾而乐之。现在"双清别墅"早已没有遗迹可寻，而我回首当年，依稀如昨日事。

　　徐先生后来住在愚园路，有一座旧式的厅堂，陈设十分古雅。他爱好山栀子，亲自到杭州山上去，掘取了大批苍老的干儿，回来养在水里，甚至还能开花。记得有一年，我到他那里去，见左右两个红木八仙桌上，陈列着好几十本老干的山栀子，用各色各样的瓷盆、瓷碗、瓷碟、瓷盘盛着，白石清泉，衬托着碧绿的叶子，使我眼界一清。

在这里，我也曾有一次遇见过主持昆剧传习所的企业家和名曲家穆藕初先生，他带着一只描金朱漆的大提篮，篮里安放着好几只很名贵的蟋蟀盆，都是乾嘉年间的古物。从盆里透出瞿、瞿、瞿的鸣声来。原来徐先生爱好蟋蟀，穆先生也有同好，双方经常约同斗蟋蟀，一决雌雄。

俞先生的小生，真可说是当代第一，盖世无双。我们看了他演出《连环记》中的吕布，《玉簪记》中的潘必正，哪里会相信他已是五十五岁的中年人。他的爱人也是精于昆剧的，有时双双合演，相得益彰，可惜一个半月前她不幸因病去世，真是昆剧界的损失。

俞先生能书能画，也写得一手好文章。前天同来的省文化局吴白匋同志，偶然在我书桌旁翻到一本胜利后出版的《半月戏剧》，恰好刊有俞先生的一篇大作《穆藕初先生与昆曲》，真巧得很！我最爱他末了的一段：

"……盦临半山，门前修竹万竿，终朝凉爽；凭槛清歌，笛声与竹声相和答，翛然尘外，炎暑尽忘。……"限于篇幅，不能毕录，单读了这寥寥几句，就可知道他腹有诗书气自华，无怪艺事也会登峰造极了。

霜叶红于二月花

"远上寒山石径斜，白云深处有人家。停车坐爱枫林晚，霜叶红于二月花。"这是唐代大诗人杜牧之的一首《山行》诗，凡是爱好枫叶的人，都能琅琅上口的。"霜叶红于二月花"这七个字的名句，给予枫叶一个很高的评价。

枫别名灵枫、香枫，又称摄摄，据《尔雅》说，"枫摄摄"，因枫叶遇风则鸣，摄摄作声之故。树身高大，自一二丈达三四丈，叶小而秀，有三角、五角、七角之分，也有状如鸡脚、鸭掌或蓑衣的。据说枫的种类很多，计五六十种，山枫的叶子是三角的，称为粗种，可以利用它的干，接以其他细种，易活易长。农历二月间，开小白花，结实作元宝形，掉在地上过冬，明春就长出一株株小枫来。我往往在园子里掘取十多株，合种在长方形的紫砂盆里或沙积石上，作枫林模样，很可爱玩。

枫叶入秋之后，渐渐地由绿色泛作黄色，一经霜打，便泛作红色，到了初冬，愈泛愈红，因此红叶就变成了枫叶的代名词。"红叶为媒"，是唐代的一段佳话，至今还传诵人口，那故事是这样的："唐僖宗时，学士于祐，晚步禁衢，于御沟得一红叶，有女子题诗其上。祐拾叶题句，置沟上流，宫人韩翠苹得之。后帝放宫女三千，出宫遣嫁。翠苹嫁祐，出红叶相示，惊为良缘前定。"这件事不知道是不是实有其事，如果是事实，可说是再巧也没有了。

古人爱好枫叶，纷纷歌颂，除杜牧之一首最著名外，宋代赵成德也有一首："黄红紫绿岩峦上，远近高低松竹间。山色未应秋后老，灵枫方为驻童颜。"它把枫叶夏绿秋黄以至入冬红紫各种色彩，全都写了出来。此外历代诗人散句如"独叹枫香林，春时好颜色""一坞藏深林，枫叶翻蜀锦""遥看一树凌霜叶，好似衰颜醉里红""只言春色能娇物，不道秋霜更媚人""万片作霞延日丽，几株含露苦霜吟"。从这些诗句中，都可看出霜后的枫叶，真是如翻蜀锦，美艳已极。

日本种植枫树，有独到处，种类之多，胜于我国。他们的枫，春天里就红了，称为春红枫，据说一年四季，红色始终不变。有一种春天红了，入夏泛绿，到秋深再泛为红。我家有盆栽老干枫树一株，高一尺余，露根如龙爪，姿态极美，春间发叶，鲜妍如晓霞，日本人称为静涯枫，最为难得。又有一株作悬崖形的，春夏叶作绿色，而叶尖却作浅红，并且是透明的，也可爱得很。

苏州天平山，以石著，也以枫著，高义园、童子门一带，全是高大的枫树，入冬经霜之后，云蒸霞蔚，灿烂如锦绣。去年老友张晋、余彤甫二画师都去写生，画成了大幅，堪称一时瑜亮。今秋我虽常在探问"天平枫叶红了没有"，可是为了参加上海和苏州的菊展，手忙脚乱，不能抽身前去观赏一下。十一月下旬，中央文化部郑振铎同志来访，据说刚从天平山看枫归来，满山如火如荼，漂亮极了。我听了，羡慕他的眼福不浅。

南京的栖霞山，也以枫著称，每年深秋，前去看枫的人，络绎于途，因此俗有"春牛首，夏莫愁，秋栖霞"之说。这两年来我常往南京，总想念着栖霞。今秋因出席省文联代表大会之便，与程小青兄游兴勃发，都想一赏栖霞红叶，偿此宿愿，谁知一连好几天，都抽不出时间来，大呼负负。后来听费新我画师说，他已去过了，红叶都已凋谢，虚此一行。那么我们虽去不成，也不用后悔了。

从南京回得家来，却见我家爱莲堂前的那株大枫树，吃饱了霜，正在大红大紫的时期，千片万片的五角形叶子，烂烂漫漫地好像披着一件红锦衣裳，把半条廊也映照得红了。一连几天，朝朝观赏，吟味着"霜叶红于二月花"的妙处，虽没有看到天平和栖霞的红叶，也差足一餍馋眼了。

闲话《礼拜六》

　　一九五六年十一月十五日，江苏省第二届文学艺术工作者代表大会在南京开幕，这是江苏全省文艺界的群英会，这是江苏全省文艺工作者的大会师，仿佛舞台上一阵急急风，众家英雄，浩浩荡荡地一齐上台亮相，这场面是何等的伟大，何等的热闹！我虽是摇旗呐喊做跑龙套，也觉得十分兴奋，十分荣幸！

　　省委会文教部长俞铭璜同志向大会讲话，说起了我和四十年前的刊物《礼拜六》，说是当时我们所写的作品，到现在看起来，还是很有趣味的。我于受宠若惊之余，不由得对于久已忘怀了的《礼拜六》，也引起了好感。不错，我是编辑过《礼拜六》的，并经常创作小说和散文，也经常翻译西方名家的短篇小说，在《礼拜六》上发表的。所以我年青时和《礼拜六》有血肉不可分开的关系，是个十十足足、不折不扣的《礼拜六》派。

《礼拜六》是个周刊，由我和老友王钝根分任编辑，规定每周六出版。因为美国有一本周刊，叫做《礼拜六晚邮报》，还是创刊于富兰克林之手，历史最长，销数最广，是欧美读者最喜爱的读物，所以我们的周刊，也就定名为"礼拜六"。民初刊物不多，《礼拜六》曾经风行一时，每逢星期六清早，发行《礼拜六》的中华图书馆门前，就有许多读者在等候着，门一开，就争先恐后地涌进去购买。这情况倒像清早争买大饼油条一样。

《礼拜六》前后一共出了二百期，有不少老一辈的作家，都是《礼拜六》的投稿人。前几天我就接到中等教育部叶圣陶副部长的信，问我有没有《礼拜六》收藏着。他当年曾用"叶匋"和"允倩"两个笔名给《礼拜六》写过许多小说和散文，要我替他检出来，让他抄存一份，作为纪念。又如名剧作家曹禺同志去夏来苏州访问我，也问起我有没有全份《礼拜六》，大概他也曾投过稿的。可惜我经过了抗日战争，连一本也没有了。这两位名作家，对《礼拜六》忽发"思古之幽情"，作为一个《礼拜六》派的我，倒是"与有荣焉"的。

至于《礼拜六》的评价，可以引用陈毅副总理前二年对我说的话："这是时代的关系，并不是技术问题。"

现在让我来说说当年《礼拜六》的内容，前后二百期中所刊登的创作小说和杂文等等，大抵是暴露社会的黑暗，军阀的横暴，家庭的专制，婚姻的不自由等等，不一定都是些鸳鸯蝴蝶派的才子佳人小说，并且我还翻译过许多西方名家的短篇小说，例如法国大作家巴比斯等的作品，都是很有价值的。其中一部分曾经收入我的"欧美名家短篇小说丛刻"，意外地获得了鲁迅先生的赞许。总之《礼拜六》虽不曾高谈革命，但也并没有把诲淫诲盗的作品来毒害读者。

至于鸳鸯蝴蝶派和写作四六句的骈俪文章的，那是以《玉梨魂》出名的徐枕亚一派，《礼拜六》派倒是写不来的。当然，在二百期《礼拜六》中，未始捉不出几对鸳鸯几只蝴蝶来，但还不至于满天乱飞，遍地皆是吧？

当年的《礼拜六》作者包括我在内，有一个莫大的弱点，就是对于旧社会各方面的黑暗，只知暴露，而不知斗争，只有叫喊，而没有行动，譬如一个医生，只会开脉案，而不会开药方一样，所以在文艺领域中，就得不到较高的评价了。

秋菊有佳色

"秋菊有佳色，挹露掇其英"，这是晋代高士陶渊明诗中的名句，与"采菊东篱下，悠然见南山"两句，同为千古所传诵。陶渊明爱菊，也爱酒，常常对菊饮酒，悠闲自得。有一年重阳佳节，他恰好没有酒，坐在宅边菊花丛里，采了一把菊花赏玩着，忽见白衣人到，原来是江州刺史王弘送酒来了，于是一面赏菊，一面浅斟低酌起来。后人因渊明偏爱菊花之故，就在十二月花神中，尊渊明为九月菊花之神。凡有人特别爱菊的，就称为"渊明癖"。

我国之有菊花，历史最为悠久，算来已有二三千年了。《礼记·月令》曾有"季秋之月，菊有黄华"之句，大概那时只有黄菊一种，不像现在这样五光十色，应有尽有。到了战国时代，爱国诗人屈原的《楚辞》中，曾有"夕餐秋菊之落英"的名句。为了这一句，后人聚讼纷纭，以为菊花只会干，不会落，怎么说是落英？其实屈大夫并没有错，落，始也，落英就是说初开的花，色香味都好，确实可吃。

一般人都以为重阳可以赏菊，古人诗文中，也常有重阳赏菊的记载。其实据我的经验，每年逢到重阳节，往往无菊可赏，总要延迟到十月。宋代诗人苏东坡也曾经说，岭南气候不常，我以为菊花开时即重阳，因此在海南种菊九畹，不料到了仲冬方才开放，于是只得挨到十一月十五日，方置酒宴客，补作"重九会"。

明太祖朱元璋，曾有一首菊花诗："百花发，我不发。我若发，都骇煞。要与西风战一场，遍身穿就黄金甲。"就咏菊来说，那倒把菊花坚强的斗争精神，全都表达了出来。

明代名儒陆平泉初入史馆时，因事和同馆诸人去见宰相严嵩，大家争先恐后，挤上前去献媚，陆却退让在后面，不屑和他们争竞，那时恰见庭中陈列着许多盆菊，就冷冷地说道："诸君且从容一些，不要挤坏了陶渊明！"语中有刺，十分隽妙，大家听了，都面有愧色。

宋高宗时，宫庭中有一位善歌善舞的菊夫人，号"菊部头"，后来不知怎的，称病告归。太监陈源将厚礼聘请了去，把她留在西湖的别墅里，以供耳目之娱。有一天宫庭有歌舞，表演不称帝旨，提举官开礼启奏道："这个非菊部头不可。"于是重新把菊夫人召了进去，从此不出。陈源伤感之余，几乎病倒。有人作了曲献给他，名《菊花新》，陈大喜，将田宅金帛相报。后来陈每听此曲，总是感动得落泪，不久就死了。"菊部头"三字，现在往往用作京剧名艺人的代名词。

菊花中香气最可爱的，要算梨香菊，要是把手掌覆在花朵上嗅一嗅，就可闻到一种甜香，活像是天津的雅梨。据说最初发现时，还在清代同、光年间，不知由哪一个大官，进贡于西太后。太后大为爱赏，后来赏了一本给南通张謇，张家的园丁偷偷地分种出卖，就流传出去，几乎到处都有了。花作白色，品种并不高贵，所可爱的，就是那一股雅梨般的甜香罢了。

在菊花时节，我怀念一位北京种菊的专家刘契园先生。他正在孜孜不倦地保存旧种，培养新种，获得了莫大的成就。近年来他又采用了短日照培植法，使菊花提前一个月到两个月开放，人家的菊花正在含蕊，而他的园地上已有一部分盆菊早就怒放了。

我与刘先生虽未识面，却是神交已久。去年他托苏州老诗人张松身前辈向我征诗，我胡诌了七绝两首寄去，有"松菊为朋心似月，悬知彭泽是前身""黄金万镒何须计，菊有黄花便不贫"等句。刘先生得诗之后，很为高兴，回信说倘有机会，要把他的菊种相报。我对于他老人家的种种名菊，早就心向往之了，只是从未见过，真是时切相思，如今听说要将菊种见赐，怎么不大喜过望呢？可是地北天南，寄递不便，只好望眼欲穿地期待着。今夏苏州公园的花工濮根福同志，恰好到首都去出席全国先进生产者代表大会，我就写了封信托他带去，向刘先生道候，并婉转地说我老是在想望他的"老圃秋容"。

大会结束后，濮同志回到苏州来了，说曾见过了刘老先生，并带来了菊种六十个，共三十种，分作两份，一份赠与苏州市园林管理处，一份是赠与我的。我拜领之下，欣喜已极，就托濮同志代为培植。刘先生还开了一个名单给我，有"碧蕊玲珑""金凤含珠""霜里婵娟""杏花春雨""天孙织锦""银河长泻""霓裳仙舞""武陵春色""紫龙卧雪"等等，都是富有诗意的名称，我一个个吟味着，又瞧着那六十个绿油油的脚芽，恨不得立刻看它们开出五色缤纷的好花来。经了濮同志几个月的辛苦培养，六十个芽全都发了叶，含了蕊，到现在已完全开放，五光十色，应有尽有，真是丰富多彩，使小园中生色不少。我为了急于参加上海中山公园的菊展，就先取一本半开的黄菊，翻种在一只古铜的三元鼎里，加上一块英石，姿态入画，大书特书道："北京来的客。"

刘先生不但是个艺菊专家，也是一位诗人，虽已年逾古稀，却老而弥健，一面艺菊，一面赋诗，曾先后寄了两张诗笺给我，不论一诗一词，都以菊为题材。他那契园中的室名斋名，如"寒荣室""守淡斋""晚香簃""延龄馆""寄傲轩"等，全都离不了菊，也足见他对于菊花的热爱。

刘先生艺菊，并不墨守陈规，专重老种，每年还用人工传粉杂交，因此新奇的品种，层出不穷，真是富于创造性的。他除了采用短日照培植法催使菊花早开外，还想利用原子能，曾赋诗言志云："原子云何可示踪？内含同位素相冲。叶中放射添营养，根外追肥易吸溶。利用驱虫如喷药，预期增产慰劳农。我思推进秋华上，一样更新喜改容。"我预祝他老人家成功。

菊展

在解放以前和解放以后，我参观与参加菊展，已不知多少次了，而规模之大，布置之美，菊花品种之多，要推这三年来上海的菊展独占鳌头，一时无敌。每年菊展开幕时，我总得专诚到上海来参观一下。我所最最欣赏，不能忘怀的，却是一九五五年菊展中那只用白菊花搭成的和平鸽和那幅第一个五年计划的建设大地图，也全用白菊花精制而成，富有教育意义。至于名菊廊中的许多名菊，以及图案般的许多大立菊，如火如荼，如锦如绣，更使我好像《红楼梦》中刘姥姥初进大观园，直看得眼花缭乱口难言了。

说起菊展，还只有近百年的历史，从前却让富绅巨贾和士大夫之流，在家园里置酒赏菊，只供少数人享受。明代张岱，作《陶庵梦忆》，记菊海云："兖州张氏期余看菊，去城五里。余至其园，尽其所为园者而折旋之，又尽其所不尽为园者而周旋之，绝不见一菊，异之。移时，主人导至一苍莽空地，有苇厂三间，肃余入，遍观之，不敢以菊言，真菊海也。厂三面，砌坛三层，以菊之高下高下之。花大如瓷瓯，无不球，无不甲，无不金银荷花瓣，色鲜艳，异凡本，而翠叶层层，无一叶早脱者。此是天道，是土力，是人工，缺一不可焉。兖州缙绅家，风气袭王府，赏菊之日，其桌、其炕、其灯、其炉、其盘、其盒、其盆盎大觥、其壶、其褥、其酒、其面食、其衣服，花样无不菊者，夜烧烛照之，蒸蒸烘染，较日色更浮出数层，席散，撤苇帘以受繁露。"这种单供少数人享受的菊展，却如此奢侈，是不足为训的。

清代王韬，是太平天国时代的一位才子，曾在他所作的《瀛壖杂志》中记当时上海城隍庙里的菊花会。他说，菊花会多在九月中旬，近来设在萃秀堂门外，绕过了湖石，到东北角上，境地开朗，远远地就瞧见菊影婆娑，全呈眼底。沿着回阑前去，便见无数的菊花，高低疏密，罗列堂前，真的是争奇斗胜，尽态极妍。所有的花，先经识者品评，分作甲等乙等，并划为三类，一是新巧，二是高贵，三是珍异，只因名目繁多，记不胜记。这样的菊展，总算粗具规模，并且是供群众欣赏，与众同乐的了。

　　亡友王一之兄，生前曾客荷兰，说起荷兰人善于莳花，一九四六年秋，曾在莱汀市会堂举行菊展，会期七日，观众一万多人。他们的大种小种菊花，多数是从我国移去的。清乾隆十五年，有一位远游亚洲的荷兰植物学家贞干，将小种的菊花带了回去，花作黄色，大概是满天星之类。清道光二十八年，英国人福均，又把我国的大种菊花带去，后由法国传入荷兰。清光绪六年，荷兰人就举行了第一次的菊展。在百余年前，欧洲所有中国的菊花，不过四五十种，后来用了嫁接的方法，巧夺天工，新品种便日多一日，变成多种多样，可是所用的名称俗不可耐，往往将王后、王子、公主和达官贵人的名字移用在花上，不像我国的菊花名称，是富有诗意的。

日本的菊种本来大半也由我国传入，因为他们的园艺家善于培养，精于研究，新种之多，几乎超过我国。往年他们有许多研究种菊的集团，如秋英会、重九会、长生会等都是颇颇有名的。每年秋季，在日比谷公园中举行菊展。他们的菊花，分大型、中型、小型三种，名称也由自题，并无根据，花瓣阔大的，称之为"荷"，花瓣围簇而成球形的，称之为"厚物"，管瓣而作旋形的，称之为"抱"。花瓣分作管瓣、平瓣、匙瓣三种。每一盆菊花，至少为三枝，成三角形，三朵花头，也高低相等，三枝以上的，便作五角形或六角形，从没有独本的。批评的标准，分颜色、光泽、花体、花形、瓣质、品格、才、力、花梗、叶和未来等，共十一点，十分细致。凡入选的，奖以金杯、银杯和奖状等，得奖的引为殊荣。

一九五六年秋的上海菊展，注重菊花的品种，提高观众的欣赏力。园林管理处领导并且谬采虚声，特邀我参加，指定要有诗意的盆景，我不能藏拙，只得勉为其难，制就了《陶渊明松菊犹存》等十余种滥竽充数，至于有没有诗意，那要请观众们不吝指教了。

我爱菊花

我是一个花迷，对于万紫千红，几乎无所不爱，而尤其热爱的，春天是紫罗兰，夏天是莲，秋天是菊，冬天是梅。我在解放以前，眼见得国事日非，国将不国，自知回天无力，万念俱灰，因此隐居苏州，想学做陶渊明，渊明爱菊，我就大种菊花，简直是像渊明高隐栗里，作黄花主人。菊花最多的一年，达一千二百余盆，共一百四十余种，扬州的名种如"虎须""巧色""柳线""飞轮""翡翠林""枫叶芦花"，常熟的名种"小狮黄"等，全都搜罗了来，小园秋色，真说得上是丰富多彩的。解放以后，我忙于社会活动，便种得少了。我想陶渊明如果生于今天，瞧到祖国的欣欣向荣，也该走出栗里，不再作隐士了吧。

我爱菊花，不但爱它的五光十色，多种多样，更爱它那种坚强不屈的精神，象征我国的民族性。它和寒霜做斗争，和西风做斗争，还是倔强如故。即使花残了，枝条仍然挺拔，脚芽仍然茁生。古诗人的名句"菊残犹有傲霜枝"，就给予它很高的赞颂。

我爱菊花，爱它那种自然的姿态，所以我所种的菊花，不喜欢把花枝全都扎得齐齐整整，除了一二枝必须挺直以外，其他枝条，就让它欹斜起伏，然后翻种在瓷盆或紫砂盆里，配上一块拳石或一根石笋，作案头清供，看上去就好像一幅活色生香的菊石图。

像这样的菊花盆供，不但白天可以欣赏，到了夜晚上灯之后，还可在灯光下欣赏墙上的菊影，黑白分明，自然入画。明代文学家冒辟疆的《影梅庵忆语》中，也曾有与董小宛一同欣赏菊影的叙述。他说："秋来犹耽晚菊，即去秋病中，客贻我剪桃红，花繁而厚，叶碧如染，浓条婀娜，枝枝具云罨风斜之态。姬扶病三月，犹半梳洗，见之甚爱，遂留榻右。每晚高烧翠蜡，以白团回屏六曲，围三面，设小座于花间，位置菊影，极其参横妙丽。始以身入，人在菊中，菊与人俱在影中，回视屏上，顾余曰：'菊之意态尽矣，其如人瘦何！'至今思之，淡秀如画。"赏菊而兼赏菊影，这才算得是菊花的知己。

在一般菊展中，有名菊廊和品种廊，每一盆菊花都是独本，一般人称之为"标本菊"，就是菊花的标本，因为一本只有一花，所以花朵特大，花瓣花须，花蒂花心，都看得清清楚楚，可供园艺家研究，也可供画家写生，这是未可厚非的。可是我们做盆景的，却以三枝或五枝为合适，花朵不必太大，也不必一样大小，一样高低，让它参差一些，才显得出自然的姿态。要做菊花的盆景，还有一个必要条件，就是要选择矮种，叶子也不可太大，种在盆子里，才可入画。如果是高枝大叶，再加上碗口般大的花朵，那就不配做盆景了。

日本来的客

这几年来，有些日本人民，常不远千里而来，纷纷的到我国来访问。就是我这僻在苏州东南角里的一片小小园地，也扫清了三径，先后接待了三批日本来的客。

第一批是以《原子弹爆炸图》荣获世界和平奖金的丸木位里、赤松俊子夫妇；第二批是因雪舟四百五十年纪念应邀而的山口遵春、山口春子夫妇，桥本明治、桥本璋子夫妇；第三批是日本岩波书店写真文库编辑部主任名取洋之助。这三批日本来的客，都是艺术家，难得他们先后贲临，真使我蓬荜生辉不少。

我和名取洋之助先生在一起，虽只一小时左右的时光，却在我心版上留下了一个挺好的印象。他是一位三十岁上下的青年，身体很茁壮，这一天天气较冷，还刮着风，而他身上的衣服却穿得不多，头上不戴帽，露着一头鬈发，并不太黑，架着一副金丝边眼镜，分明也像我一样的近视。他的脖子里，吊着一个摄影机，正面有"NIXON"字样，很为动目，这大概是日本摄影机中的新出品吧？

菊花的时节虽已过去了，而我家的菊展却还在持续下去。说也奇怪，今年我的菊花寿命似乎特别的延长，爱莲堂的几张桌上、几上和地上，还陈列着好几十盆菊花，绿色的、白色的、黄色的、紫色的、红色的、妃白色的，大型的、小型的，甚么都有，每一盆都是三朵五朵以至十余朵，有的配着小竹，有的伴以拳石，姿态都取自然，尽力求其入画。右壁的长方几上，有一盆悬崖形的绿菊叫做"秋江"的，名取先生最为欣赏，端详了一会，就把他胸前的摄影机擎了起来，格勒一声，收入了镜头。我们那只年高德劭的大绿毛龟，虽已经过几千百人的欣赏，却从没有摄过影，这一次也居然上了名取先生的镜头，龟而有知，也该引以为幸吧？

我因一向知道日本园艺家精于盆栽，年年都有不少精品，因问起近来情形如何，据名取先生回说，他们在国内搞盆栽的还是不少，希望我有机会前去看看。我表示将来一定要争取一个机会，前去向他们园艺家学习。又问起《盆栽月刊》是否仍在继续出版。在十余年以前，我曾订阅过三年，月刊中并且也有二次登过我的盆栽摄影好几帧。名取先生回说《盆栽》仍在出版，等回国后寄几本来给我看。我们彼此说了不少关于盆栽方面的话，译员叶同志从中传达，很为努力，这是可感的。

名取先生一路从走廊中走去，摄取了我一满架的小型盆栽，到了我的书室紫罗兰盦里，又把两个桌子上的许多石供、盆供，全都收入了镜头。后来入到园中，又把地上的那株二百年的老榆盆栽和盆景"听松图"、四株老柏"清奇古怪"等，都摄了影。末了我正在回过半身，招待他回到爱莲堂里去休息时，冷不防一声格勒，我也被收到镜头里去了。这天因为他还要赶往上海去参加日本商品展览会的工作，就匆匆别去，而他那格勒格勒摄影机的声音，似乎常在我的耳边作响。我在苏、沪两住所见到的摄影专家很多，而像他那么眼快手快的，却是从来没有见过。他拨弄着那个摄影机，仿佛是宜僚弄丸，熟极而流。

丸木位里和赤松俊子夫妇，更给予我一个十分深刻的印象，至今还是怀念着。彼此相见握手之后，赤松先生先就送给我一个日本母亲大会的纪念章，白铜绿底，上面是母亲抱着孩子的图案，很为精美。母亲大会是一个和平机构，代表全日本的母亲为孩子们呼吁世界和平的。她在我的《嘉宾题名录》上签了名，又画了一个赤裸的小孩子躺在烟雾里，并题上了字句，原来她画的就是广岛牺牲在美国原子弹下的无辜赤子，意义是很深长的。丸木先生给我画了一枝梅花，作悬崖形，笔触简老得很。我一生爱好和平，系之梦寐，这两位和平使者的光临，似乎带来了一片光风霁月，使我兴奋极了。

山口遵春和桥山明治两先生，是日本第一流的画家，这一次是为了大画家雪舟四百五十年纪念，应邀来我国访问的。山口夫人春子长身玉立，作西洋装，而桥本夫人璋子却穿的是和服，我们已好久没有见过了。在我三个小女儿的眼中，觉得新奇得很！山口先生在我的题名录上写错了一个苏州的"苏"字，夫人立刻指了出来，请他改正。他们对于我的盆栽盆景，都看得很细致，他们也许是老于此道的，使我有"自惭形秽"之感！在园子里，他们看到了那被台风刮坏了一角的半廊，又对旁边的一株老槐树看了一眼，便微笑着说："这个倒很有画意！"我有些窘，怀疑这句话里是含有讽刺性的，但据伴同前来的谢孝思同志说："这倒不一定，他们也许是别具只眼，欣赏这残缺之美的。"我听了，心中虽作阿Q式的自慰，过了几天，即忙把这半廊修好了。

送灶

　　江南各地旧俗，对于厨房里的所谓"灶神"，很为尊重，总要在灶头上砌一个长方形的小小神龛，将一尊用红纸描金画出来的"灶神"供奉在内，上加横额，写就"东厨司命"四字，这仪式定在大除夕举行，燃香点烛，斋以百叶、粉皮、油豆腐与香菌、扁尖、木耳等素食品，再配上橘子、乌菱、糖年糕等果饵，末了焚化一付纸做的所谓"圆段"，于是合家男女老小，叩头礼拜，称为"接灶"。

供奉了一年，到农历十二月二十四日晚上，就要举行"送灶"仪式，一样的点了香烛，斋了素食品和果饵，另外又要用糯米粉裹了豆沙馅做成团子，名叫"谢灶团"，以四个作供。而最重要的，是供上用麦芽糖做成的一个糖元宝，昔人称为"胶牙饧"。怎么叫做"胶牙"呢？据说这夜灶神上天去朝见玉皇大帝，要把这一家一年来做错了的事情，告诉玉帝，当然对于这一家是大为不利的。因此异想天开，把这两种富有黏性的糯米团和糖元宝给灶神吃，胶住他的牙齿，使他开口不得，就可把做错了的事情瞒过去了。这风俗，在宋代就有了，范成大《吴郡志》中有云："二十四日祀灶，用胶牙饧，谓胶其口，使不得言。"《吴县志》也说：二十四日祀灶，名送灶，用糯米粉团和糖饼，说是灶神这一天上天时，要讲人家的过失，所以用这两件东西来粘住他的嘴。这不但是苏俗如此，杭州也有此俗。吴曼云《江乡节物词》云："春饧著色烂如霞，清供还斟玉乳茶。不用黄羊重媚灶，知君一楪已胶牙。"又朱竹垞《醉司命》词有云："炼香以烧，剪纸而焚。饧糕粉荔，杂遝述上陈。"足见送灶用胶牙饧，是不止苏州一处。朱竹垞是嘉兴人，或许鸳鸯湖畔，也有此俗吧？怎么叫做"醉司命"呢？据说从前是不用饧来胶灶神的牙的，而用酒糟来涂抹灶门，称为"醉司命"，用意也与胶牙饧一样，就是用酒糟来醉倒了灶神，使他上了天，无从向玉帝搬弄是非，曾有一位诗人二十四日在万安舟中赋诗云："十八滩头一叶身，人言司命醉今辰。扪心一一从头数，无过无功可告神。"这种风俗说来虽很可笑，倒也很为有趣。

送灶仪式结束时，全家礼拜恭送，然后将纸做的灶神捧在一顶纸轿里，到门外去焚化，把烬余的残纸送还神龛中，美其名曰"接元宝"。同时把先就准备了的青豆或黄豆，和好几根剪成寸许长的稻草，撒在屋顶上，叫做"马料豆"，原来是给灶神的马吃的。

清代诗人郭频迦，曾作送灶词，很有风趣，诗云："白米出磨如玉尘，饫馇作饼甘入唇。青竹灯檠缚舆轿，红笺剪碎糊车轮。愿侯上天莫逡巡，祝侯之来福我民。勃溪诟谇侯不闻，男呻女吟侯不嗔。常时突烟有断绝，有时腷膊烧湿薪。侯居我家亦云久，亮如鲍叔知我贫。上天高高帝所远，虮虱小臣纵疏懒。平生所事不欺人，何况我侯皆在眼。今朝再拜前致词，富且不求余可缓。有酒在瓶肴在盆，故事聊以糟涂门。安知司命不一醉，我已独酌余空樽。千家送神爆竹齐，小儿索饭门东啼。"这是一首绝妙的讽刺诗，灶神如果解事，也将忍俊不禁。一结更是仁人之言，音在弦外，意味深长。

歌颂诗人白乐天

　　我们现在作诗、作文、作小说，总要求其通俗，总要为工农兵服务，这才算得上是人民文学；如果艰深晦涩，那就像天书一样，还有甚么人要读呢？唐代大诗人白乐天，虽生在一千多年以前，倒是一位深解此意的先进人物。据说他老人家每作一诗，先要请一个老婆婆解释一下，问她："懂得么？"她回说："懂得的。"就把这首诗录下来，如果不懂，他就将诗句换过。所以古今人每谈到白乐天的诗，总说是老妪都解。白氏《与元微之书》有云："……自长安抵江西，三四千里，凡乡校、佛寺、逆旅、行舟之中，往往有题仆诗者；士庶、僧徒、孀妇、处女之口，每有咏仆诗者。"这也足见他对于自己诗句的明白通俗，接近群众，不由得要自鸣得意了。当然，他的诗也有并不通俗的，不过并不太多。

白名居易，乐天其字，太原人，生于唐代大历七年，元和二年进士，迁左拾遗，后因获咎贬江州司马，那首有名的长诗《琵琶行》，就是在这时候做的。元和十五年召还，历官至刑部尚书。而最为我们所熟知的，就是他先任杭州太守，后又任苏州太守。苏杭向有天堂之称，他倒像做了天堂的看守人。我们现在每游西湖，游山塘，总得到白堤上去蹓跶一下，欣赏堤上的红桃绿柳，大家都会感念他老人家的遗爱。原来苏杭的两条白堤，都是他在任时造起来的。到了晚年，以诗酒自娱，因号醉吟先生，又因居住香山，自称香山居士。他以会昌六年去世，享年七十有五。乐天真是一个乐天派，所以有人说他生平作诗二千八百余首，多数是快乐的诗，关于饮酒的就有九百首之多。至于那首唱遍旗亭的《长恨歌》，还是成于高中进士之前，时年三十五岁，正是精力充沛的时候。

一九五七年春，为了纪念他老人家诞生一千一百八十六年，南北各地诗人们纷纷集会赋诗，给他祝寿。三月四日，苏州市方面由老诗人杨孟龙先生招邀诗友，在拙政园宴集，虽然天不做美，风雨交作，仍有十四人出席，最有趣的，是姓氏无一相同，而把年龄统计起来，竟得一千〇十四岁。席上诗人们逸兴遄飞，赋诗饮酒，女诗人汤国梨先生首唱，赋五律一首。我虽不是诗人，也胡诌了七绝四首：

凄绝《新丰折臂翁》，痌瘝在抱几人同。香山佳什都能解，老妪居然字字通。（《新丰折臂翁》系《长庆集》中新乐府二十首之一，为反战而作。）

千有余年弹指过，弥纶四海诵遗篇。那知乌拉山边客，也拜诗人白乐天。（苏联有白诗译本，传诵一时。）

甘棠遗爱至今留，堤上垂杨蘸碧流。装点湖山凭好句，使君应谥白苏州。（《长庆集》中有《吴中好风景》《苏州柳》等多首,均为歌颂苏州而作。)

联翩裙屐集名园,诗圣前头寿一樽。风雨萧骚浑不管,梅花香里各销魂。(远香堂上方举行梅花展览会,予亦有"鹤舞""凤翔""梅月图"等十余点参加展出,颇为诸诗人所赏。)

白乐天任苏州太守,虽只短短的一年,而政绩却很不差,公正廉明,爱民如子,因此他去任时,人民都依依不舍,涕泣送行。当时刘禹锡赠诗,曾有"苏州十万户,尽作婴儿啼"之句;而他自己的诗中,也有"何乃老与幼,泣别尽沾衣""一时临水拜,十里随舟行"等句,足见他确是一位靠拢人民而为人民所爱戴的好官了。

不断连环宝带桥

　　苏州原是水城，向有"东方威尼斯"之称，所以城内外的桥梁，也特别的多，唐代大诗人白居易任苏州刺史时所作一诗中，曾有"绿浪东西南北水，红阑三百九十桥"之句，可以为证。我于那许多桥梁中印象最最深刻的，要算是葑门外的那条宝带桥。桥身很长，共有环洞五十三个，记得我幼时曾一个个数过，数第一遍时似乎多了一个，数第二遍时，却又似乎少了一个，总是不能数得准确。

　　宝带桥坐落在葑门外东南方，距城约十五里左右，正当运河的西面，瞧它横亘在澹台湖和运河的中间，有如一道长虹。查考它起建的年代，还是在唐代元和年间，足足有一千一百多年了。运河本是汉武帝时开的，它的头和尾亘震泽东壖一百多里，风浪冲激，船只通行不利，因此唐代刺史王仲舒筑了一个塘，就在河的西岸，现在成了东南的要道。然而河的支流，断堤而入吴淞江，再入于海，这堤还是不够缓和风浪，因此就造起一条长桥来，王刺史卖掉了他平日所束的宝带，充作造桥的工料费，宝带桥的名称，就是这样得来的。

　　在反动统治期间，桥身残破，从未修葺，勉支残局；抗日战争时，又被日机轰炸，遍体创痍，五十三个环洞，也已面目全非。可怜这一条虹卧五湖的宝带桥，好像一个害着五痨七伤的病人，只是躺在那里苟延残喘罢了。直到最近，救星来了，不但医好了重病，并且返老还童似的年青起来。原来一九五六年四月间，市建设局先做好了勘测检查的工作，五月里就开始修理，由上海同济大学道路桥梁系教授们指导一切，做到了又好又省的地步。所用金山石，由二十几位熟练的石工，加工细做，力求美观，于是宝带桥顿时起死回生，面目一新了。桃花水涨时，你如果以一叶扁舟，在五十三环洞中穿来穿去，这是多么够味啊！最近法国电影演员《勇士的奇遇》主角菲利浦和他的夫人来苏游览，见了宝带桥，也大为欣赏，因为这条砖桥有这么长，有这么多的环洞，是他们从来没有见过的。

古人诗词中，对于宝带桥都有赞美的话，如明代诗人王宠句云："春水桃花色，星桥宝带名。鲸吞三岛动，虹卧五湖平。"袁褧句云："分野表三吴，星桥控五湖。天河乌鹊起，灵渚彩虹孤。"清代薛氏女《苏台竹枝词》云："翡翠双飞不待呼，鸳鸯并宿几曾孤。生憎宝带桥头水，半入吴江半太湖。"我也为了爱宝带桥的美，想把它写得美一些，因仿元人所作《西湖竹枝词》体，作了四首《宝带桥竹枝词》："鸳衾独拥春宵冷，昨夜郎归喜不禁。宝带桥边郎且住，欲求宝带束郎心。""春水葑门泊画桡，月圆花好度春宵。郎情妾意谁堪比，不断连环宝带桥。""宝带桥边柳似金，兰桡欸乃出桥阴。卧波五十三环洞，那及侬家宛转心。""卧波五十三环洞，烟雨迷离数不清。恰似郎心难捉摸，情深清浅未分明。"朋友们，让我们来为这新宝带桥欢呼歌唱吧。

七甏八盖

我六岁丧父，出身于贫寒之家，自幼儿就知道金钱来处不易，立身处世，应该保持勤俭朴素的作风。滥吃滥用，那是败家子的行为，将来不会有好结果的。

记得十六岁的时候，我正在上海民立中学做苦学生，免费求学。平日见我那位青年守寡的母亲，仗着针线所入，抚养我们兄弟三人和一个妹妹，夜以继日的劳动着，实在太辛苦了，想：怎样帮助她一下？因此趁着暑假期间，根据一本从城隍庙旧书摊上买来的《浙江潮》杂志中一节法国恋爱故事，编了一个五幕的剧本，定名《爱之花》，用了"泣红"的笔名，寄给商务印书馆，侥幸地竟被采用，刊登于《小说月报》创刊号中，分四期刊完，得银圆十六枚，真使我喜出望外，连忙交与母亲。母亲见我在求学时期，居然会挣起钱来，当然也高兴得很。但她舍不得用，除把三块钱买了一石米外，就把其余十三块钱托人存到钱庄里去。

她对我说："你这钱是把心血换来的，我怎么舍得用？何况我们向来仗着我的针线换饭吃，从来没有多余的钱，现在可以把这笔意外的财香积储起来了。要知不论是甚么人，都应该把多余的钱积储一些。譬如有七只髦，总须有八只盖，才觉得绰绰有余，如果只有六只盖，那么盖来盖去，总是不够，那就不好办了！"

母亲的这个教训，深深地记住在我的心坎上，老是不能忘怀。所以我一辈子就记着这"七髦八盖主义"。卖文所入，除了应付日常生活费用外，总得储蓄一些，以备不时之需。我储蓄了二十年，相等于四个五年计划，才买下了苏州四亩地的园居，在抗日战争以前，从上海奉母迁苏，让她老人家享了七年的清福。这笔零存整取的钱用掉以后，又急起直追，省吃俭用的挤出钱来，重新从事储蓄。这二十余年来，我就依靠这一支"常备军"，在生活战线上作战，母、妻和一子先后去世，我把储蓄的钱给她们作丧葬费用；二子四女先后结婚，我也把储蓄的钱多多少少给他们作嫁娶费用。按月收入不敷所出时，我也就把储蓄的钱，贴补生活费用，总可应付过去。这就可见我所信奉的"七凑八盖主义"真是无往不利的。

在解放以前，银行未必可靠，币值又动荡不定，我于储蓄上虽得到不少帮助，但也不无损失。解放以来，人民银行安如泰山，物价稳定，更加强了我储蓄的信心，不但是利在个人，利在一家，并且有助于国家社会主义建设，又何乐而不为呢。

朋友们，你们不见蜜蜂吗？采得百花成蜜后，也要积储起来，我们俨然是万物之灵，难道可以不如那小小的蜜蜂吗？朋友们，快快合理地安排好家庭生活，把精打细算所得，快快去参加储蓄吧！

储蓄储蓄，先要节约，七凑八盖，大可信服，积少成多，自然富足，有备无患，何等安乐！有利于己，有功于国。

盆栽盆景一席谈

这些年来，不知以何因缘，我家的花草树木，居然引起了广大群众的注意，一年四季，来客络绎不绝，识与不识，闻风而来，甚至有十二个国家的国际友人，也先后光临，真使我既觉得荣幸，也觉得惭愧！

一般人对于种在盆子里的花草树木，统称为盆景，其实是有分别的。凡是普通的花草树木，随便地种在盆子里的，例如菊、月季、杜鹃等等，只能称为盆植。如果是盆栽，那就要树干苍老，枝条经过整理，形成了美的姿态，方才合格。至于盆景，那么除了将树木作为主体外，还要配以拳石或石笋，和广东石湾制的屋、亭、桥、船、塔与人物等等，作为点缀，大小比例，都要正确，布置得好像一幅画一样。此外还有一种，就是水石，以石为主体，或横峰，或竖峰，用水盘盛了水来供着，也要点缀几件石湾制的小玩意，如能种些小树在适当的地方，那就更好了。我家的园子里和屋子里，便经常陈列着盆植、盆栽、盆景和水石，供人观赏，仿佛一年到头的在开展览会。

我家的盆栽，有好多株是一二百年的老干和枯干的花木，如一株单瓣白梅、二株柏树、二株榆树，有的枯干长满苔藓，有的干已中空，成了一个大窟窿，来客们见了都啧啧称怪，以为像这样一二百年的老树，怎么能在盆子里活着呢。至于数十年和一二十年的，那是太多了，中如一株会结桃子的桃树、二株满开小白花的李树、二株垂丝海棠、一株紫藤、一株红薇、二株紫薇、一株蜡梅、二株鸟不宿、一株银杏、一株罗汉松、三株三角枫、一株石榴、一株四季桂，都是比较名贵，而为我所喜爱的。还有树干不易粗壮而树龄已在一百年以上的，如一株枝叶纷披结子累累的枸杞，曾参加上海菊展，并且已由科学教育电影制片厂用彩色片收入了镜头。又如一株名叫"雪塔"的山茶，开花时一白如雪。还有一株三干展开的紫杜鹃，这是清代相国潘祖荫家的故物，年来每逢暮春时节，开满了上千朵的花，如火如荼，鲜艳夺目，朋友们见了，都欢喜赞叹不置。盆梅中也有不少树龄已达数十年的，如一株半悬崖形的玉蝶梅、一株开花最迟的送春梅、二株老干屈曲的朱砂梅、一株干粗如壮夫双臂的大绿梅、一株干已半枯而欹斜作势的单瓣白梅，而最最名贵的，是苏州已故名画家顾鹤逸先生手植的一株树龄一百余年枯干虬枝的绿萼梅。这许多老干枯干的盆树，都是树木中的"古董"，我把多种多样的旧陶盆栽种着，古色古香，自然脱俗。它是我家的至宝，也是一切盆栽中的至宝，我希望它们老当益壮，一年年地活下去。

我对于盆景，也有特别的爱好，恨不得每天都有一种新作品，因为这与画家作画一样，可以表现自己的艺术性的。我的盆景，一方面是自出心裁的创作，一方面是取法乎上，仿照古人的名画来做。先后做成的，有明代唐伯虎的《蕉石图》、沈石田的《鹤听琴图》、夏仲昭的《竹趣图》和《半窗晴翠图》、清代王烟客的《新蒲寿石图》等，这与国画家临摹古画同一意味，而是我所独创的。仿照近人名画来做的，有张大千的《松岩高士图》，因为这是个小型的盆景，岩石不大，那一前一后两株悬崖的松，是用草类中的松形半支莲来替代的。自己创作的，有《听松图》《梅月图》《紫竹林》《竹林七贤》《枯木竹石》《田家小景》《孤山放鹤图》《枫林雅集图》《归樵图》《散牧图》《陶渊明松菊犹存》等，这些盆景，除了把各种树与竹作为主体外，再配以广东石湾与佛山制的陶质人物与亭、台、楼、阁、塔、船、桥梁、茅屋等小玩意，大小比例，必须正确，才能算是盆景中的上品。水石有仿宋代大画家范宽的《长江万里图》一角、元代大画家倪云林的《江干望山图》，自己创作的有《桃花源》《观瀑图》《香雪海》《独秀峰》《赤壁夜游图》《欸乃归舟图》《严子陵钓台》《雁荡大龙湫》等，全用白端石、玛瑙石和矾石、紫砂、白瓷等水盘来装置，并且也与盆景一样，适当地配以小树和石湾制的陶质人物、茅亭、船只、屋宇等等，瞧上去便更觉生动。这一批水石盆供，曾一度展出于拙政园，取毛主席《沁园春》名句"江山如此多娇"作为总题，曾博得观众不少的好评。

有朋自远方来

古人道得好："有朋自远方来，不亦乐乎！"远方来了朋友谈天说地，可以畅叙一番，自是人生一乐，何况这个朋友又是三十余年前的老朋友，并且足足有三十年不见了，一朝握手重逢，喜出望外，简直好像是在梦里一样。

记得是某一年秋天的一个月明之夜，在上海旧时所谓"法租界"的一幢小洋房里，有南国剧社的一群男女青年正在演出几个短小精悍的话剧:《父归》啊,《名优之死》啊,都表演得声容并茂,有光、有热、有力,真是不同凡俗。那导演是个瘦长个子的年青人,而模样儿却很老成,头发蓬乱,不修边幅,一面招待我和那些特邀的观众,一面还在总管剧务,东奔西走,而脸上的表情,也紧张得很。一口湖南话,又快又急地从舌尖上滚出来,分明是个与《水浒》里"霹雳火秦明"同一类型的人物。这年青人就是现在中国戏剧家协会主席田汉同志,也就是这次从远方来的老朋友。

这是一九五六年九月间一个秋高气爽的日子,还只清早六点多钟,就有一位苏州市文联的同志,赶到我家里来,说昨晚上田汉同志到了苏州,现在西美巷招待所中候见。我一得了这天外飞来的喜讯,兴奋得甚么似的,料知这位现代的"霹雳火秦明"是不耐久待的,于是撂下了手头正在整理的盆景,急匆匆地赶往西美巷去。

一位头发花白而身材微胖的中年人从沙发上站起来,和我紧紧地握住手,除了他那面目还能辨认出是田汉外,其他一切都和三十余年前大不相同了。那时他正热烈地和几位文化界同志谈着地方戏剧上的种种问题。

我不愿打搅他们，恰见那位研究舞蹈的专家吴晓邦同志也在座中，就和他讨论起我国的舞蹈新事业来。

我们正在谈着谈着，却见田汉同志已站了起来，忙着说道："来！来！我们大家玩儿去！"只因其他同志恰好都有别的任务，就由我和交际处的李瑞亭处长作陪，同行的还有两位上海戏剧家协会的干部吴谨瑜、凤凰，和田汉的秘书李同志，一行六人，分乘两辆汽车，向灵岩进发。

我和田、凤、李秘书合乘一车，颇不寂寞。凤凰同志原是十余年前的电影小明星，我初见她时，她还只十岁，恰像一头娇小玲珑的雏凤，而现在玉立亭亭，已是一个二十七岁的少妇了。这时我和田同志就打开了话匣子，从回忆过去，再说到现在，真是劲头十足。田同志说他是生成的"劳碌命"，经常在外边跑来跑去，最近在安徽合肥看地方戏的会演，几天里看到了庐剧和从湖北输入的黄梅戏，而安徽旧有的徽剧却没有了，这是一件莫大的憾事！这一次已和当地文化部门商讨发掘徽班老艺人复兴徽剧的办法，使它发扬光大起来。我向他传达了上月在江苏省人民代表大会上所听来的关于艺人们生活的情况。

我们谈谈说说不觉已到了灵岩，田同志一下了车，就一马当先，大踏步赶上山去，脚上虽穿着皮鞋，却如履平地。他比我虽然年青一些，也已五十八岁了，而"霹雳火秦明"的脾气，依然不变。他在山上到处流连，到处留影，到处都有兴趣，足足游赏了两小时，在寺门口买了一只大型的元宝式柳条篮子，亲自拎着，飞一般的奔下山去。据他说要把这篮子送给他那位在文工团里工作而正在扬州演出的爱女，作为此次游苏的纪念。

这时已是正午了，我们不但忘倦，并且忘饥，又一同游了天平。田同志对于亭榭楼阁中的楹联都很欣赏，请李秘书一一抄录下来。在白云精舍中大啜钵盂泉水，放了二十六个铜子在杯子里，水还没有溢出，足见水质的醇厚。大家跑上一线天，田同志拉了我和凤凰，合拍了一张照，就步步登高，由下白云而到达中白云。他远望"万笏朝天"光怪陆离的无数奇石，叹赏不已。因为时间的限制，就只得放弃了上白云，恋恋不舍地下山来了。

他虽将于明晨离苏赴锡，可是游兴很浓，还要一游园林。先到我家看了盆景和盆栽，又请吴同志替我们合拍了几张彩色照，已经四点钟了，就由中共市委会文教部长凡一同志夫妇俩伴同去游拙政园、寒山寺、虎丘等处，值到七点多钟方始回来，出席了凡一同志的宴会，再预备去看评弹和苏剧。田同志喜孜孜地对我说："今天时间虽匆促，但我还在寒山寺里叩了几下钟哩。"

上海大厦剪影

　　凡是到过上海的人，看过或住过几座招待宾客的高楼，对于那座十八层高的上海大厦，都有好感。去秋我曾在上海大厦先后住过十二天，天天过着丰富多彩的文化生活，在我一九五六年的生命史上，记下了极度愉快的一页。这巍巍然矗立在苏州河畔的上海大厦，简直是我心灵上的一座幸福的殿堂。

　　永恒的景仰与怀念，不是时间的浪潮所能冲淡的，何况又加上了一重永恒的知己之感。十月十四日鲁迅先生灵柩的迁葬仪式，与十九日先生逝世二十周年的纪念大会，终于把我从百忙中吸引到了上海。感谢文化局陈虞孙副局长的一片盛情，招待我在上海大厦第十二层楼上的十四号室中住下。俗有十八层地狱之说，而这里却是十八层的天堂。

跨上了几级石阶，走进了挺大的钢门，就是一个穿堂，右边安放着大小三张棕色皮面的大沙发，后面一块搁板上，供着一只大花篮，妥妥帖帖地插着好多株粉红色的菖兰花，姹娅欲笑，似乎在欢迎每一个来客。

右首是一个供应国际友人的商场，但是自己人也一样可以进去买东西，所有吃的、穿的、用的，形形色色，全是上品，如入山阴道上，目不暇接。我向四下里参观了一下，觉得不需要买甚么，就买了两块"可口糖"吃，我的心是甜甜的，吃了糖，我的嘴也是甜甜的了。

左首是一个供应西点、鲜果，烟酒、糖食和冷饮品的所在，再进一步，是一座大厅，供住客作文娱的活动，设想是十分周到的。第一层楼上，是大小三间食堂，一日三餐，按时供应，定价很为便宜，有大宴，也有小吃，任听客便。据交际处吴惠章同志对我说：这里的四川菜和维扬菜，都是上海第一流。

记得往年这里名称"百老汇大厦"时，我常和苏州老画师邹荆庵前辈到来吃西餐，一瞥眼已在十年以前了。如今邹老作古，我却旧地重游，非先试一试西餐，以资纪念不可，因此打了个电话招了大儿铮来，同上十七层楼去，只见灯火通明，瓶花妥帖，先就引起了舒服的感觉。我们点了几个菜，都是苏联式的烹调，很为可口，又喝了两杯葡萄酒，醉饱之后，才回到十二层楼房间里去。

这是一个挺大的房间，明窗净几，简直连一点尘埃都找不出来。凭窗一望，只见当头就是一片长空，有明月，有繁星，似乎举手可以触到。低头瞧时，见那一串串的灯，沿着弧形的浦滨伸展开去，直到很远很远的地方，并且也看到了浦东的万家灯火，有如星罗棋布。我没有到过天堂，而这里倒像是天堂的一角，晚风吹上身来，不由得微吟着"琼楼玉宇，高处不胜寒"了。

当晚在十一层楼上会见了神交已久的许广平先生，她比我似乎小几岁，而当年所饱受到的折磨，已迫使她的头发全都斑白了。许先生读了《文汇报》我那篇《永恒的知己之感》，谦和地说："周先生和鲁迅是在同一时代的，这文章里的话，实在说得太客气了。"我即忙回说："我一向自认为鲁迅先生的私淑弟子，觉得我这一枝拙笔，还表达不出心坎里的一片景仰之忱。"

这是第一度住在上海大厦，过了整整七天的幸福生活。第二度是十一月三日，为了被邀将盆景盆栽参加中山公园的菊展，由园林管理处招待我住在十四层楼的五号室中，真的是"前度刘郎今又来"了。这回还带了我的妻文英同来，作我布置展出的助手，并且为了今年是我们结婚十周年，也算是举行了一个西方人称为"锡婚式"纪念。

这五号室仍然面临苏州河，正中下怀，而且比上一次更高了两层，更觉得有趣。从窗口下望时，行人车辆，都好似变做了孩子们的玩具，娇小玲珑。黄浦公园万绿丛中的花坛上，齐齐整整地满种着俗称嘴唇花的一串红，好似套着一个猩红色的花环，构成了一幅美丽的图案画。大大小小的船只，像穿梭般在河面上往来，帆影波光，如在几席间，供我们尽量的欣赏。

一床分外温暖的厚被褥，铺在一张弹簧的席梦思软垫上，让我舒舒服服地高枕而卧，迷迷糊糊地溜进了睡乡，做了一夜甜甜蜜蜜的梦。老实说，我自有生以来，还是破题儿第一遭宿在这么一座高高在上的楼房里，俗说："一交跌在青云里。"我却是"一瞑睡在青云里"了。

　　为了要参加苏州拙政园的菊展，小住了五天，只得恋恋不舍地辞别了上海大厦，重返故乡。呀！上海大厦，我虽并不喜爱这软红十丈的上海，但我在你那里小住了十二天之后，对于你却有偏爱，因为你独占地利之胜，胜于其他一切的高楼大厦，我希望不久的将来，仍要投入你的怀抱。

把我的花和瓜种到苏联去

今年四月十四日，曾在上海一张报上看到苏联一位退休老人艾依斯蒙特同志的来信，希望得到一些中国花子，使他的窗前开放出远道而来的花朵。当时我曾怦然心动，想把我去年所收的几种花子送给他。但是转念一想，苏联的土壤和气候跟苏州不一样，我把花子送去播种，不知道能不能开出花来呢？何况他老人家说是使他的窗前开出远道而来的花朵，分明是没有园地的，种在盆子里，又比较的难一些。这么一想，我就把这意思打消了。

谁知不上几天，却接到了报纸编辑部的来信，说我研究花卉，历有年所，花子品种，数量必多，对于苏联爱花人的热望，想能予以满足云云。这封信的力量很大，立刻鼓动了我，忙把今年清明节边播种后剩余的几种花子检出来，这些花子，本来是打算送与其他爱花人的。

我那剩余的花子中，就有三种凤仙花的名种，一种是五色复瓣的，在一株上开出几种颜色的花朵来，十分娇艳；一种叫做"喷砂"，也是复瓣的，在白色或浅红色的花瓣上，透出许多鲜红的细点，有如喷上朱砂一般；另一种是粉红色的复瓣，花心是浅绿色的，也很名贵。凤仙的花形很像飞凤，因此又名金凤花，宋代词人晏殊赞美它，曾有"九苞颜色春霞萃，丹穴威仪秀气攒"之句，足见它在草花中，可说是佼佼者。此外我又检出火黄色的矮种鸡冠花子和红色叠瓣的夜繁花子多粒，一并送去，它们像凤仙花一样，都是容易栽种、容易开花的。

把这五种花子送与苏联朋友，觉得太少了些，因此我又检出了几种瓜子。一种是前年从狮子林得来的双景瓜，是观赏瓜中的异种，瓜形很小，上圆下尖，上半作绿色，下半作黄色，因名"双景"，种在盆子里，插一根竹子，让瓜蔓爬上去，可作案头清供。一种是甘肃的白兰瓜，我在去夏出席江苏人民代表会议时吃到，其甜如蜜，把瓜子带回来试种，今夏能不能尝新，尚未可必。另三种是我国旧有的红色和白色的北瓜，有浑圆、有椭圆、有扁圆而三鼎足的，种在盆里，可以让瓜蔓爬到窗上或墙上去。我把这五种花子五种瓜子，奉送给苏联朋友，含有十全十美之意，祝颂他老人家栽花得花，种瓜得瓜。并附小诗二首，以表寸心：

中苏携手欢情畅，同气连枝似一家。愿祝莫斯科下土，年年开遍凤仙花。

玲珑娇小态夭斜，金碧交辉双景瓜。瓜瓞绵绵团结紧，中苏盟好恰如它。

石公山畔此勾留

"石公山畔此勾留，水国春寒尚似秋。天外有天初泛艇，客中为客怕登楼。烟波浩荡连千里，风物凄清拟十洲。细雨梅花正愁绝，笛声何处起渔讴。"这一首诗，是七十年前诗人易实父游石公山时所作，而勒石嵌在归云洞石壁上的。

太湖三万六千顷，包涵着洞庭东西二山，湖上共有七十二峰，而以西山的石公山为最美。十年以前，我曾和范烟桥、程小青二兄同往一游，饱览了湖山之胜，并且饱啖了枇杷和杨梅，简直是乐而忘返。

今年六月中旬，苏州市文联动员部分作家前往东西山去体验生活，其中有我和小青，并《新苏州报》滕凤章和文联秘书段炳果二同志。第一天游了东山的雨花台、龙头山和紫金庵，第二天便坐汽轮上石公山去。

石公山周围约二里，高三十三公尺，在西山东南隅，三面沿湖，山上大半是略带方形的顽石，好像是小朋友们玩的积木一样。我们上了山，向东走了一段路，就瞧见一个洞，洞口刻着"归云洞"三字，高约二丈，相传有石挂在洞口，"如云之方归"，因此得名。中立装金的观音像，面部全已风化，倒像害着皮肤病。再向前进，便是石公禅院，背山面湖，地位极好，可是一进侧门，从草堆里走上浮玉堂和翠屏轩，见有的屋顶揭去，有的柱子欹斜，随时有倒塌的可能。地上不是断砖破瓦，便是荆棘乱草。四面壁上，全是游人所涂的字，乱七八糟的，不堪属目，前人称为"疥壁"，一些儿不错。禅堂虽然比较完整，而佛龛尘封，钟鼓无声，堂前有几株石榴，正满开着花，却如火如荼，分外的鲜妍可爱。高处有来鹤亭，传说当年曾有白鹤飞来投宿，可是现在那样子也岌岌可危，即使有鹤，怕也不敢飞来了。这时正下着雨，我们还是鼓勇直上，谁知山径上已有一座亭子塌在那里，拦住了去路，只得废然而下。

仍沿着禅院外的山路前去，找到了夕光洞，洞很浅，顶上斜开一罅，可见天日。一边有大石，像倒挂的塔，据说夕阳照射时，光芒夺目。过去不多路，有云梯，石块略作梯级模样，可是不能上去。再进见有一块硕大无朋的石壁，刻着"缥缈云联"四字，原来这就是联云嶂，上有剑楼，高四五丈，中间有一条石弄，旧名风弄穿云涧，俗称一线天，也有些像苏州天平山的一线天，仿佛是神工鬼斧劈开来的。记得当年我和小青曾勇敢地攀登上去，我还做了两首诗，其一是："奇石劈空惊鬼斧，天开一线叹神工。先登风弄骄风伯，更上层崖叩碧穹。"其二是："步步艰难步步愁，还须鼓勇莫夷犹。老夫腰脚仍轻健，要到巉岩最上头。"而现在"风弄"似乎也改了样，顶口已被野树堵住，我们只得望而却步，再也没有当年的勇气了。

踏着碎石东下，转到湖边，有一大片平坦的石坡，可容数百人坐卧其上，这就是明月坡，三五月明之夜，可在这里望月，光景十分美妙。我也有一首诗："静里惟闻欸乃声，轻舟如在画中行。此心愿似明明月，明月坡前待月明。"远处有明月湾，相传是吴王玩月之所。在明月坡前接近湖水的所在，有奇石两块，像人一般站在那里，俗称"石公石婆"，当年我也胡诌了一首诗赞美它们："双石差肩临水立，石公耄矣石婆妍。羡他伉俪多情甚，息息相依亿万年。"

这一天我们在湖边听风听雨，流连很久，觉得太湖真美，石公山也真美，可惜现在已变做了一座荒山，未免减色。最近蒙古人民共和国代表团曾去游览，因此我敢在这里大声疾呼，呼吁有关方面赶快抢修，使石公山恢复本来面目，以壮观瞻。

夏天的瓶供

　　凡是爱好花木的人，总想经常有花可看，尤其是供在案头，可以朝夕坐对，而使一室之内，也增加了生气。供在案头的，当然最好是盆栽和盆景，如果条件不够，或佳品难得，那么有了瓶供，也可以过过花瘾。对于瓶供的爱好，古已有之，如宋代诗人张道洽《瓶梅》云："寒水一瓶春数枝，清香不减小溪时。横斜竹底无人见，莫与微云澹月知。"徐献可《书斋》云："十日书斋九日扃，春晴何处不闲行。瓶花落尽无人管，留得残枝叶自生。"方回《惜砚中花》云："花担移来绵锈丛，小窗瓶水浸春风。朝来不忍轻磨墨，落砚香粘数点红。"这与我的情况恰恰相同，紫罗兰盦南窗下的书桌上，四时不断地供着一瓶花，瓶下恰有一方端砚，花瓣往往落在砚上，我也往往不忍磨墨，生怕玷污了它，足见惜花人的心理，是约略相同的。

说到夏天的瓶供，我是与盆供并重的。从园子里的细种莲花开放之后，就陆续采来供在爱莲堂中央的桌子上，如洒金、层台、大绿、粉千叶等，都是难得的名种。我轮替地用一只古铜大圆瓶，一只雍正黄瓷大胆瓶和一只紫红瓷窑变的扁方瓶来插供，以花的颜色来配瓶的颜色，务求其调和悦目。单单插了莲花还不够，更要采三片小样的莲叶来搭配着，花二朵或三朵，配上了三片叶子，插得有高有低，有直有敧，必须像画家笔下画出来的一样。倘有一朵花先谢了，剩下一只小莲蓬，仍然留在瓶里，再去采一朵半开的花来补缺，这样要连续插供到细种莲花全部开完后为止。在这一个多月的时间里，我把这一大瓶高花大叶的莲花，用树根儿或红木儿高供中央，总算不辜负了"爱莲堂"这块老招牌，而上面挂着的，恰又是林伯希老画师所画的一幅《爱莲图》，更觉相映成趣。

除了瓶供的莲花之外，还有瓶供的菖兰。菖兰的色彩是多种多样的，有白、红、淡黄、深黄、洒金、茄紫诸色，而我园有一种深紫而有绒光的，更为富丽。我也将花与瓶的颜色互相配合，互相衬托。花以三枝、五枝或七枝为规律，再插上几片叶，高低疏密，都须插得适当，看上去自有画意。有时瓶用得腻了，便改用一只明代欧瓷的长方形小型水盘，插上三五枝小样的菖兰，衬以绿叶，配上大小拳石两块，更觉幽雅入画了。

我爱用水盘插花，觉得比用瓶来插花，更有趣味。除了菖兰，无论大丽、月季、蜀葵等，都是夏天常见的，都可用水盘来插，不过叶子也需要，再用拳石或书带草来一衬托，那是更富于诗情画意了。爱莲堂里有一只长方形的白石大水盘，下有红木几座，落地安放着。我在盘的右边竖了一块二尺高的英石奇峰，像个独秀峰模样，盘中盛满了水，散满了碧绿的小浮萍。清早到园子里，采了大石缸中刚开放的大红色睡莲二三朵，和小样的莲叶三五张,回来放在水盘里,就好像把一个小小的莲塘,搬到了屋子里来,徘徊观赏,真的是"心上莲花朵朵开"了。每天傍晚,只要把闭拢了的花朵撩起来,放在露天的浅水盆中过夜,明天早上,花依然开放,依然放到水盘里。天天这样做,可以持续三四天。

明代小品文专家袁宏道中郎,对于插花很有研究,曾作《瓶史》一书,传通至今,并曾流入日本。日本人也擅长插花,称为"花道",得中郎《瓶史》,当作枕中秘宝,并且学习他的插花方法,自成一派,叫做"宏道流"。他们对于夏天的瓶供,如插菖兰、蝴蝶花、莲花等,都很自然,可是对于国家大典中所用以装饰的瓶供或水盘,却矫揉造作,一无足取了。谱嫂俞碧如,曾从日本花道女专家学插花,取长舍短,青出于蓝,每到我家来时,总要给我在瓶子里或水盘里一显身手,和她那位精于审美的爱人反复商讨,一丝不苟。可惜她已于去年暮春落花时节,一病不起。我如今见了她给我插过花的瓶尊水盘,如过黄公之垆,为之腹痛!

上海花店中,折枝花四季不断,倘要作瓶供,真是取之不尽,用之不竭,并且有不少插花的专家,可作顾

问，家庭中明窗净几，倘有二三瓶供作点缀，也可以一
餍馋眼，一洗尘襟了。

热话

一九五七年七月下旬，热浪侵袭江南，赤日当空，如张火伞。有朋友从洞庭山邻近的农村中来，我问起田事如何，他说天气越热，田里越好，双季早稻快要收割了，今年还在试种，估计每亩也可收到四、五百斤。农民兄弟们从来不怕热，都在热情地工作着，争取秋收时再来一个大丰收。我们住在城市里，吃饭莫忘种田人，既说是天气越热，田里越好，那么我们就熬一熬热吧。

大热天我家爱莲堂和紫罗兰盦中，仍然不废盆供瓶供，都是富有凉意的。一个霁红窑变的瓷瓶中，插上一朵大绿荷，配着三片小荷叶，自有亭亭玉立之致。一只不等边形的石器中，种着五枝高高低低的观音竹，真使人有"不可一日无此君"之感。一只椭圆形的紫砂浅盆中，种着三株小芭蕉，配着一块雪白的昆山石，绿叶婆娑，使人心头眼底都觉得清凉起来。此外如菖蒲、水石之类，也是最合适的炎夏清供。

扇子是夏天的恩物，几乎一天也少不了它，所以俗有"六月不借扇"一句话。在多种多样的扇子中间，我尤其爱檀香扇，因为搧动时不但是清风徐来，并且芳香扑鼻。包天笑先生旧有诗云："小扇玲珑玉臂凉，聚头佳谶画鸳鸯。檀奴宛转怀衫袖，刻骨相思透骨香。"苏州的檀香扇，在手工艺品中居第一位，每年输出几十万柄，还是供不应求，苏联和人民民主国家的士女们甚至排队购买，一到了手，就爱不忍释。我们不要轻视了这柄小小的檀香扇，它在社会主义建设中也贡献了一些力量。

在大热的几天里，一天到晚，总可听得蝉声如沸，小园里树木多，所以蝉也特别多，便织成了一片交响乐，简直闹得人心烦意乱。天气越热，蝉也越闹，清早就闹了起来，直闹到夕阳西下时，还是无休无歇。听它们的声音，似乎在唤："知了！知了！"所以蝉的别名就叫知了。但不知它们成日的唤着知了知了，到底知道了甚么。昨天孩子们从枫树上捉到了一个蝉，尽着玩弄，不知怎样把它的头弄掉了，可是它还在嘶叫，足见它的发声器得天独厚。国药中有一味知了壳，可治喉哑，大概也就为了它发声特响之故。

从前每逢暑天，街头巷口，常可听到小贩们一声声唤着卖冰，自远而近，又自近而远，这是生活的呼声。自从有了机制的棒冰，就取而代之，再也没有卖冰的了。北京卖冰的，用两个铜盏相戛作响，比南方卖冰的更有韵致。此风由来已久，清代乾嘉年间，即已有之，王渔洋诗中，曾有"樱桃已过茶香减，铜碗声声唤卖冰"之句。周稚圭也有一首《玲珑玉》词："蓉阙樱残，早添得韵事京华。玻璃沁碗，唤来紫陌双叉。妙手叮咚弄巧，胜肩头鼓打，小担声哗。停车。裁油云、隔住玉沙。暗想槐熏倦午，正窗闲雪藕，鼎怯煎茶。碎响玲珑，问惊回好梦谁家？屏间珠喉轻和，有多少铃圆磬彻，低唱消他。晚香冷，伴清吟、深巷卖花。"一九五一年夏，我曾到过北京，早就不听得卖冰的铜盏声了。

西瓜是暑天的恩物，吊在井里浸了半天，然后剖开来吃，甘凉沁脾，实在胜似饮冰。从前苏州、扬州一带，人家往往做西瓜灯玩，把一个圆形的西瓜，切去了顶上的一小部分，将瓜瓤逐渐挖去，只剩了薄薄的一层皮，就用小刀子雕了花边，大都分成四部分，在每一部分中雕出花鸟、山水，或作梅兰竹菊，或作渔樵耕读，十分工致。在瓜的内部，安放一个油盏，晚上点了火，挂起来细细欣赏，真好玩得很。清代词人冯登府，曾作《瓜灯词》，调寄《辘轳金井》云："冰园两黑，映玲珑，逗出一痕秋影。制就团圆，满琼壶红晕，清辉四进。正苏井寒浆消尽。字破分明，光浮细碎，半丸凉凝。 茅庵一星远近。趁豆棚闲挂，相对商茗。蜡泪抛残，怕华灯夜冷。西风细认。愿双照秋期须准。梦醒青门，重挑夜话，月斜烟暝。"我以为用平湖枕头瓜作灯，更为别致，好事者何妨一试。

暑天的香花，以茉莉、素馨、夜来香、晚香玉为最，簪在衿上或插在瓶中，就可香生不断。我最爱前人咏及这些花的诗句，如："酒阑娇惰抱琵琶，茉莉新堆两鬓鸦。消受香风在凉夜，枕边俱是助情花。""已收衣汗停纨扇，小绾乌云插素馨。暗坐无灯又无月，越罗裙上一飞萤。""珠帘初卷燕归梁，浴罢华清理残妆。双鬓绿云三百朵，微风吹度夜来香。"读了之后，仿佛有阵阵花香，透纸背出。

清代有一位诗人，病暑气急，想登雪山、浴冰井而不可得，因此把一块雪白的玉华石放在左旁，名之为"雪山"，又把一只盛满清泉的白瓷缸放在右旁，名之为"冰井"。他就把一张竹榻放在中间，终日坐卧其上，顿觉暑气渐消，凉意渐来，仿佛登雪山而浴冰井了。这是一种唯心主义者的消暑法，亏他想得出来。

清凉味

苏州市园林管理处从今年八月十五日起在拙政园举行盆桩展览会。早在半月以前，就来要我参加展出，我当下一口答应了。因为这些年来，拙政园每有展览会，我原是有求必应，无役不与的。但我想到那种枯干老桩的盆树，拙政园有的是，并且多得很，那么我拿些甚么东西去展出呢？于是大动脑筋，想啊想的想了一天，终于想出一个避重就轻的新花样来。

　　　　　　花前新记

配合着这个乍凉还热的新秋天气，我决计准备一些含有清凉味的竹子、芭蕉、芦荻、菖蒲、杨柳、爬山虎和水石等，作为出品。一连忙了几天，共得十九点，请几位写得一手好字的朋友，在各种彩笺上写了标签，注明名称和含有诗意的题句，又请林伯希老画师画了一小幅竹子、芭蕉、菖蒲三清图，在一旁题上"清凉味"三字，就作为我这次出品的总称。我希望观众看了之后，凉在眼底，更凉到心头，真能享受到一些清凉味。

　　"清凉味"展出的所在，是拙政园西部三十六鸳鸯馆，面临池塘，有一对对鸳鸯拍浮其中，这场合是挺美的。一只红木长台上，居中供着一大盆"紫竹林"，拳石的一旁，立着一尊佛山窑的观音像，手捧杨枝水瓶，好一副庄严宝相。左旁是一盆五株合种的芭蕉，有人小步蕉阴，神态悠闲得很，题名《小绿天》。右旁高供着一盆垂柳，长条临风披拂，使人想起"杨柳岸晓风残月"的名句。

　　长台前的贡桌上，中央一个长方形浅盆中，种着二十余枝芦荻，就题名"芦荻岸"，岸上芦荻丛中，有两只白鹅，正在低头刷翎；岸边有小池，铺满着浮萍，全是水乡风物。此外盆景，有仿明代沈石田的《鹤听琴图》，山洞的两旁，种着三枝文竹，洞口有老者正在鼓琴，一头白鹤在旁听着，似是知音。一只不等边形的歙石浅盆中，斜立着一座峭壁，顶上有爬山虎一株，枝叶纷披；壁下石坡上，正有渔夫持竿垂钓，活画出一幅《渔家乐图》。一只长方形汉砖浅盆中，有英石壁立，坐着一尊无量寿佛，座前满种菖蒲，题名《蒲石延年》。其他如《枯木竹石》《新蒲寿石》《空山高隐图》等，都是尽力求其入画，而又带着清凉味的。

我这次展出的盆竹，如果排队点起名来，共有十种，如紫竹、斑竹、文竹、棕竹、观音竹、寿星竹、凤尾竹、飞白竹、佛肚竹，而以金镶碧玉嵌竹最为别致，每根黄色的竹竿上每隔一节都嵌着一条粗绿纹，如嵌碧玉一样。古人说："宁可食无肉，不可居无竹。"我也有同感，并且爱它一年四季，都带着清凉味。

留听阁一带地区，全是本园出品，林林总总，美不胜收，枯干的红薇多盆，正在烂漫地开着花，如锦如绣。最特出的，是那株树龄五百余年的老榆桩，好像是一座冠云峰模样，使人叹为观止。这是该园组长于智通和技工朱子安两同志，今春从广福深山中掘来培养而成，不知费却了多少心力，才得此成果。会期共十六天，吸引了不少观众，上海、无锡的一般盆栽专家都来观赏，大有宾至如归之概。

农村小景放牧图

　　我生长在城市里，几十年来又居住在城市里，很有些儿像井底之蛙，只看到井栏圈那么大的一爿天，实在是所见不广。偶然到农村里去走走，顿觉视野拓宽了，胸襟也拓宽了。见了农民兄弟，跟他们谈谈说说，又获得了一些农作物上的新知识，并且体会到一粥一饭，真是来处不易。凡是住在城里的人，吃饭不要忘了种田人啊。

　　　　　　　　花前新记

这两年来，曾经到过几次农村，苏州枫桥的曙光合作社，给予我一个最深刻的印象，蓬蓬勃勃，充满了朝气。我于视察之余，更流连光景，最爱看的，便是牧童放牛，孩子们各自骑在牛背上，安闲地唱着山歌，在田坡上缓缓踱去，构成一幅挺美的画面。回家以后，就做了一个盆景，在一只浅浅的小长方红沙盆里，栽了一高一矮两株小榆树，配上几块小阳山石，而在树阴下的草坪上，放着两只广东石湾窑的小牛。牛背上各有一个牧童，一个背着笠子，双手撑在牛背上，翘起了一只脚；一个伏着牛背，像要泻落下去似的。他们的身上都穿着红衣，衬托了那榆树上的绿叶，分外好看。我给这盆景题了个名儿，叫做《放牧图》，曾展出于上海中山公园的展览会，最近在北京出版的俄文版《人民中国》刊物上，刊登了我的一篇论中国盆景艺术的文章，也就把这《放牧图》的摄影作为插图。此外，我又做过一个《农村小景》的盆景，在一丛小笋子下，有几个农民在种田，而在一片塘的旁边，有一个牧童坐在牛背上，那只牛正蹲在地上休息，模样儿安闲得很。我爱好这两个盆景，因为我爱好农村里的牛，爱好农村里的牧童。

农村小景放牧图

农村里的牛和牧童，是活生生的画，当然可爱。就是画到了画里去，也觉得非常可爱。记得前两年曾在苏州一位收藏家那里，见到一个手卷《风雨奔犊图》，据说是梁代一位高僧所画的，画中雨横风斜，烟雾迷濛，一头牛正迎着风雨向前狂奔，脖子里还带着一根挣断了的绳子，后面有一个牧童在没命地追赶，满面现出紧张和恐慌的神情，画面既十分生动，笔触也十分高逸，至今深印在我的心头眼底，不能忘怀。

　　不但是画，就是昔人诗里的牛和牧童，也觉得可爱。如宋代陆游《买牛》云："老子倾囊得万钱，石帆上下买乌犍。牧童避雨归来晚，一笛春风草满川。"又无名氏《牧童》云："草铺横野六七里，笛弄晚风三四声。归来饱饭黄昏后，不脱蓑衣卧月明。"清代的周镐《牧童》云："春原一路草抽芽，新学吴讴唱浣纱。晚笛数声牛背滑，满村红雨落桃花。"这三首诗中都有"笛"，足见从前的牧童都会吹笛。我想现在新农村里的牧童，搞过了多种多样的文娱活动，吹笛是不算一回事了。

　　又清代顾绍敏《牧牛词》云："秧针短短湖水白，场头打麦声拍拍。绿杨影里系乌犍，双角弯环卧溪碧。晚来驱向东阡行，踢角上牛鞭两声。牧童腰笛唱歌去，草深扑扑飞牛虻。但愿我牛养黄犊，更筑牛宫伴牛宿。年丰不用多苦辛，陇上一犁春雨足。"这一首诗真所谓"诗中有画"，借着牛和牧童作主题，写出农村景物，简直像一幅画那么生动。不但是写出种种动态，还写出种种音响，末四句更写出了对于增产和丰收的期望，表达出农民们的乐观主义精神。

现在有许多知识分子，为了要实现农业发展纲要四十条，纷纷到农村去参加体力劳动了。愿他们于工作余暇，尽量地欣赏农村里的一切景物，会作画的可以从事写生，会作诗的可以多写些歌颂新农村的诗歌文章，那么不但在农作物上得到丰收，在文艺上也可争取丰收了。

农村小景放牧图

附 录

省会侧记

"省会"，在我们江苏人说来，是南京的代名词，而我却把它用作一九五六年八月"江苏省第一届人民代表大会第四次会议"的简称。所谓"侧记"者，是一种侧面的琐碎杂记，蒜皮鸡毛，无关宏旨，只给此次出席"省会"的十余天期间，留下一个雪泥鸿爪的迹印罢了。是为序。

一

　　八月十三日早上七点四十五分，从苏州市搭上海开来的特快车出发，同行代表十余人，个个熟识，无论是点头微笑或握手道好，或促膝谈天，都有亲切愉快之感。沿路所见无数的树木，一大片一大片的庄稼，都好好地并没有给此次台风吹倒打坏，心中自有说不尽的欣慰。五小时的时光，似乎过得特别快，不多久就到了南京，大家搭了接待各地区代表们的专车，浩浩荡荡地开到大会招待所，各自向秘书处报到。这招待所的前身原是安乐酒店，而地点又在太平路，真是又安乐，又太平，名实相符。这两年来我前后五度都是住在这里，总觉得此间乐，不思家了。

　　我生平是好动不好静的，有些像花果山上的齐天大圣孙行者，跳跳蹦蹦，没有安定的时候，所以下午虽是闲着没事，也不肯休息，就独个儿赶往夫子庙去了。我每次来南京，夫子庙是必到之地，就是百忙中也要挤出时间来，非去不可。自己并不是孔门信徒，想效法"阳货欲见孔子"，况且孔老夫子也早就云游四海，让出他的庙来作为劳动人民游乐的场所了。我的目的是在看看文物，找找古董。南京的古董店都已归并合作，并在松宝斋一家，如鲁灵光之巍然独存。我迈步进去，绕了个圈儿，东张西望，不见有甚么合意的东西，只得没精打彩地退了出来。在街头蹓跶了好久，像江西人觅宝似的到处留心，终于觅到了两件"活宝"：一个像我家孩子们玩的小皮球那么大的陵园瓜，四棵根叶干枯而浸在冷水中渐会变绿的所谓"起死还魂草"。我满心欢喜地把它们带了回来，并列在一起，作为案头清供。一个是娇小玲珑，一个是鲜艳碧绿，我边看瓜，边看草，文思也就汨汨而来了。

晚餐后，随同钱自严先生踱出大门，在邻近一带散步一会。他老人家的道德学问，人所共知，而年龄也打破大会全体代表的最高记录。他今年八十七岁了，还是老而弥健。我这六十二岁的小老头儿，傍着他边谈边走，觉得自己倒像是个小弟弟了。

我住的是二楼二〇一号室，阳台面临太平路，可以观赏街景，并且有卫生设备，舒服得很！可是我不愿独享，拉了苏州市蔬菜公司的工作干部朱福奎代表来同住。上届开会时，我和评弹工作者潘伯英代表，也同他住在一起，彼此有说有笑，十分投契。朱同志思想前进，工作积极，两年前已光荣地入了党，我一再地拉拢他同住一室，乐数晨夕，也算是表示"跟着共产党走"的一些微意吧。

二

十四日黎明即起，草草盥洗之后，打算动笔写作，打开了门窗，晓风习习吹来，遍体生凉，就拿了床上的那条花布薄被，从左肩上披下来，在右腋下打了个结，对镜一照，倒像变做了一位北京雍和宫里的喇嘛，暗暗失笑，可是身上却暖和多了。

只因上午还是没有甚么事，早餐后，把《省会侧记》第一篇赶写好了，就赶往玄武湖公园去。一出玄武门，就一眼望见前面七个长方形而圆角的花坛，一个接一个，全是种的太阳花，五色纷披，有如锦绣，煞是好看！那时有一位渡船上的老大娘，在岸边招揽主顾，她说右岸的船是往动物园去的，往梁洲去可坐左岸的船，问我要到哪里去。我向左一看，见湖面上莲叶田田，十分茂盛。莲花的季节虽已过去了，而近岸还开着三五朵桃红色的莲花，衬托着碧绿的莲叶，分外鲜妍。这些莲花莲叶的吸引力很大，就决定了我的目的地——梁洲。于是买票上了渡船，船上放着七八只藤椅，坐得很舒服。

老大娘用长篙子撑着船，撑呀撑的一路撑去，右面的岸边，全是连接不断的垂柳；而左边的湖面上，全是一望无际的莲叶，左顾右盼，胸襟为之一畅。船顶上虽遮着白布幔，而太阳仍然晒在我的身上，倒像来了个太阳浴，并不讨厌。

将近梁洲时，从柳荫中瞥见对面青草坡上，有用各色太阳花缀成的"为实现祖国第一个五年计划而奋斗"十五个字，好像是绣出来的一样，看上去自有一种美感。船在一座桥边停了下来，就登岸向梁洲走去，突现在眼前的是六株正在怒放的红薇花，树下四周，簇拥着无数五颜六色的矢车菊，真的如火如荼，富丽极了。

我很爱梁洲，因为它高出地面，仿佛是平地起楼台似的。我最爱上边的那许多高大而齐整的雪松和龙柏，有如一张张华盖，一座座宝塔，我也爱那一丛丛茂密的竹林，把夏午的骄阳挡住了驾。在这些地带信步走去，似乎走进了一片绿海，连白色的衣服也映成绿色了。在梁洲足足流连了一小时，看饱了近的湖光、远的山色，才恋恋不舍地走了下来。

午后，苏州市与苏州专区的全体代表开了个预备会议，推定了召集人和各组组长，凡是要在大会上发言的，也各自报了名。我因为苏州市文艺界的代表，只有我一个人（潘伯英代表还没有来），所以准备发表一些浅薄的意见，说一说我近二年来从事写作的过程，即以响应"百花齐放，百家争鸣"的号召为题，当夜就打起发言稿来，正在独坐灯下边想边写之际，忽有人推门进来，原来大会秘书处的一位工作人员，送来了一片瓜，却并不是西瓜。皮色和肉色是白的，子与黄金瓜相像，而比较粗大，上口时肉酥而甜，别有风味。有人以为是哈密瓜，可是我前年在上海吃过，一切都不像，后来才知道这是甘肃省出产的白兰瓜。我本来是爱瓜成癖的，"有朋自远方来"，给我第一次尝新，欢迎得很！

　　　　　　花前新记

三

十五日清早，阳光刚在云端里露了面，我也照例的起了床。潘伯英代表突然像飞将军从天而降，使我喜出望外。原来他参加过了苏州市先进生产者代表会议的开幕礼和一整天的小组讨论，就搭着昨夜的夜车赶来了。我们三人本是老搭挡，于是仍同住一起。俗说："三个臭皮匠，凑成一个诸葛亮"，他一来，一室之内，平添了一种热闹的气氛。

八时正，江苏省第一届人民代表大会第四次会议，在人民大会堂开幕了。会场中是开放冷气的，温度与外间相差十度左右，我早有经验，一进门，即忙加上了一件上衣，把冷气中和了。我很欣赏主席台上七株硕大无朋的铁树，每一株的一片片硬性的绿叶，分叉而有规律地向四面展开，瞧上去自有一种庄严肃穆的气象，而后面衬着紫绒的幕，也分外漂亮，倒不需要再用鲜花来装点了。

冷副省长传达了"第一届全国人民代表大会第三次会议的内容与精神"。他那样的高年，还是精神饱满，始终不倦。在休息时，江阴县吴漱英代表来和我谈起苏州市正在整修玄妙观的问题，对建筑上提出了宝贵的意见，足供负责者的参考。

下午，听取管副省长"关于江苏省一九五五年决算和一九五六年预算的报告"，在那一连串的数字上，可以看出本省过去未来对于国家的社会主义建设有怎样的贡献，工作又是怎样的繁重，而远景又是怎样的美丽，真是使人十分感奋的。

散会后回到招待所，常熟的陈旭轮代表到我们宿舍来谈，谈起常熟颇有名的煨鸡（俗称叫化鸡）吸引力很大，上海方面几乎每星期日有人去吃煨鸡。那位山景园的厨师煨鸡专家朱林生同志，最近也被邀出席了常熟市的政治协商会议，足见地方上对他的重视。王四酒家已和山景园合并了。他家的桂花白酒，还是被人怀恋着，还是继续供应。我以为兴福寺那边王四酒家的招牌，何妨予以保留，觉得与唐诗中"牧童遥指"的"杏花村"可以媲美，也和它的环境很觉相称。

接着，我们的孔令宗同志也来了，他正在苏州市负责做领导手工艺的工作，我们便兴奋地谈起手工艺来。据说刺绣的成绩居第一位，曾在世界十一个国家举行展览，无论是社会主义国家或资本主义国家，都予以一致的崇高的评价。本来呢，每一幅的人像，每一幅的山水，每一幅的花鸟，千针万线，全是用女艺人们的心血交织而成的。还有苏州独有的缂丝，也是独标高格的艺术品。七十多岁的沈金水，和年近花甲的王梅仙，这两位老艺人都从农村中来，天天在他们那张旧式的机上。一针一线的缂出一幅幅美丽的画面来，到国外去替国家换取重工业建设用的机械和钢材，这贡献是具有何等的价值！具有何等的意义！

四

　　这一次的大会，确是充分发扬了民主精神，鼓励大家踊跃发言，要知无不言，言无不尽，也符合了"百家争鸣"的方针。我于十八日的上午，居然登台发言了。事前我原是很有顾虑的，因为我的发言侧重风趣，口没遮拦，怕要破坏大会严肃的气氛，谁知稿子送到秘书处付印，竟原封不动，一无删改。

对于我这一次发言，反映还算良好，有人认为在风趣中言之有物，不是滥放噱头。这就给我吃下了一颗定心丸。

今天一清早从睡梦中醒回来时，蓦见我们三张床上的吊帐，全都放下来了。记得昨夜临睡时，并未放下，不知是谁代劳的？经我出去探问之下，才知是一位工作人员沈良国同志，见我们三人都睡熟了，而蚊虫却三三两两的结队而来，择肥而噬，所以他替我们放下了吊帐，让我们可以高枕而卧，不要被这些"无声小飞机"搞醒了。这一件事，使我们很为感动，真的是古人所说"四海之内，皆兄弟也"了。

我们在小组讨论中，也充分发扬了民主精神，大家对于预算决算，提出了种种问题，又结合了当地的一切情况，作出了尖锐的批评，或提出了合理化的建议。譬如我们日常所吃的蔬菜，总是不新鲜，实在影响了人民的营养和健康。经苏州市蔬菜公司的干部朱福奎代表一说明，才知道从产地到消费人手中要经过五重关口，简直是在五处旅行，有时还要在仓库中借宿一夜，因此和消费人见面时，就形容憔悴，萎靡不振了。苏州市是如此，江苏省别的地区也许是如此，代表们就迫切地发出一致的呼声："我们要吃新鲜的蔬菜！"

我以苏州市文化工作者的资格，提出对于园林的继续整修，文物的调查研究，都是重要而必要的，可是苏州市的能力有限，呼吁省方大力支援，最主要的不是人力而是物力的补助。

五

欧洲人说得好："工作时你要工作，娱乐时你要娱乐。"所以这几天来大组讨论、小组讨论，讨论得紧张、热烈，而到了夜晚，往往来个文娱活动，让我们松松劲，开开怀，掉一句文，就是昔人所谓"乐在其中矣"。从十五日大会开幕以来，就举行了三个文娱晚会，皆大欢喜地看了京剧、电影与越剧。我是个老小孩子，贪玩心重，一样都不肯轻轻放过。

从解放军部队文工团里走出来面向群众的中国京剧

院四团，给我们表演了四个精彩节目。我看京剧向来是粗枝大叶的粗看，而这一次却是聚精会神的加工细看。我很欣赏《铁弓缘》中那个扮演陈秀英的年柳英，她将女孩儿家急于求偶的情态，绘影绘声地描摹出来；而扮演母亲的金玉恒，也能于突梯滑稽中，体现出一片慈母舐犊之情。《醉打山门》中扮演鲁智深的殷元和，一举手，一投足，都是粗线条的演出，然而妩媚可喜，非有真功夫不办。《平地风波》一剧，是根据山西梆子《三疑记》改编的，因一只小小绣鞋而引起夫妇间的风波，反映了旧时代夫权思想的作祟，老是以粗暴而不信任的态度来对待妻子。王吟秋所扮演的李月英，委曲求全地屈服于丈夫淫威之下，他的表演是出神入化，丝丝入扣的。《乾元山》是一出蜚声国际的好武戏，演员俞鉴和班世超，都曾得过波兰十字勋章和罗马尼亚星勋章，光荣得很！我最欣赏俞鉴所扮演的哪吒，在英武中显出她的一片天真，无论弄一根棒、一个圈、一柄枪、一把刀、一只锤，都好像宜僚弄丸，得心应手，怪不得部队中的战士们写信给她，都心悦诚服地称她为"小哪吒"了。

第二个文娱晚会是看意大利的电影《橄榄树下无和

平》，写法西斯统治时期，黑暗势力的魔手，残酷地扼杀了人民天赋的权利。只有强权，没有法律，人民只得婉转呻吟于强权的迫害之下，一些儿没有保障。可是剥极必复，不平则鸣，人民终于站起来了。那个受尽了恶霸折磨陷害的青年牧人，坚定地拿着一枝枪和他那个觉悟过来而言归于好的爱人，肩并肩的大踏步前进；把那恶霸逼到了山穷水尽的地步，不得不跳下深渊去了此一生。黑暗势力是失败了，人民是胜利了，真的是大快人心，人心大快！

第三个文娱晚会，演出了越剧《南冠草》，这是根据郭沫若同志的剧本改编的。今年松江曾发掘到了明代两忠臣夏允彝、夏完淳父子的墓葬，而此剧的主角就是夏完淳，所以我对于此剧更有兴趣，更有一种亲切之感。名艺人竺水招扮演夏完淳，商芳臣扮演刘公旦，表演忠臣们不屈不挠、视死如归的精神，真的是入木三分。我尤其爱竺水招高吟夏完淳的那首五言诗中的两句："英雄生死路，恰似壮游时。"这是何等豁达的胸襟，何等悲壮的口吻！我尤其神往于虎丘山上的憨憨泉，原来四百余年前，泉畔曾经留下过这位英雄的脚印，这是虎丘的光荣，也是我们苏州的光荣！

我在这里要代表我们苏州市连我在内的十八个代表的十八张嘴，向招待所中主持炊事的同志们致谢和致敬。因为这几天来，他们想尽方法想出多种多样的美点佳肴来，使我们大享口福。例如点心吧，有枣泥的馒头，豆沙的酥合，夹蛋的面饼。例如菜肴吧，有用蟹粉制成的蟹斗；有荷叶粉蒸的牛肉；猪肉馅的番茄，拌着鱼肉馅的丝瓜和白色的马铃薯，红绿白三色相映如画；柔若无骨的嫩鸭，伴着撒满火腿末的开花蛋；鱼头鱼尾都全，而中间夹着图案式的大鱼圆。真是五花八门，丰富多彩，简直件件是色香味都上上的艺术品，使人欣赏着不忍下箸。

六

"浓阴夹道沉沉绿，修竹乔松集大成。天下为公今实现，好将斯意告先生。"这是我于省人代第一次会议开幕随同全体代表上中山陵园去献花致敬时所作的一首小诗。陵园一带的一片好风光，至今还是梦寐系之的。十九日是星期日，照例休息一天，我本想一清早就往陵园去，探望探望我那经过台风打击的"两位老友"，不知修竹无恙否，乔松也无恙否，至于中山先生呢，他正安然长眠于陵寝之中，那是断断不会受惊的。我心中虽已订下了这个计划，不料接到通知，上午八时，要举行一个苏州专区的代表团会议，中山陵园之行，只得作罢，遥向修竹、乔松两老友，致深切的慰问。

午后天气阴沉，出游颇有戒心，而民主同盟南京支部恰又预约我们文教界工作者，于三时半参加他们的小型联欢茶会。从安乐酒店招待所出发的，连我一共八人，就像八仙过海似的到了上乘庵会所。民盟南京负责人之一、文教界老前辈高一涵代表，热情地招待我们。他老人家说："这一次上海的人民代表大会开得特别好，我们江苏省不能示弱，也要把这次大会开好……"这时大雨如注，下个不休，我们一边谈天，一边听雨，一边吃着鲜果和糖果，其乐陶陶，直到六时，才尽欢而散。高老客气地说："今天本该休息，却请你们到这里来聊天，抱歉得很！"我即忙回说："今天要感谢民盟的一番盛意，不但让我们谈天说地，畅叙一番，并且在这下雨天及时的把我们安顿在这里，使雨师也奈何我们不得，不然，我此刻一定在玄武公园里，早就变做一头落汤鸡了。"说得大家都笑了起来。

苏州市的十八个代表中，有一位老寿星，就是七十四岁的汤国梨代表。她是余杭章太炎大师的夫人，做得一手好诗，填得一手好词，最近还做了九佳韵的七言律诗九首，中如"涯""钗""谐""埋"几个韵，都是不容易讨好的，而汤代表却信手拈来，做得首首都好，韵是九佳，恰恰是"九"首"佳"什。苏州一般老诗人读了，都击节叹赏，甘拜下风。虽说她是七十四岁了，而一副牙齿，还是大有可为，吃硬饭，嚼甘蔗，嗑瓜子，毫无难色，真是得天独厚。这几天她老人家正在赶写一篇发言稿，我是"近水楼台先得月"，得以先睹为快。她于文章里一再提起"外子章太炎先生"，我想：现在新社会里不论男男女女，总是称配偶为爱人的。汤代表是妇女界的模范人物，也该身体力行，带头提倡，大书特书的来个"我的爱人章太炎先生"，料想章先生在天之灵，也会作会心的微笑，乐于接受的。

七

到南京来出席"省人代大会"，忽忽已一星期了。我惦记着苏州家园里许多朝夕相见的盆栽盆景，不知别来无恙否，因此写了封信给一位爱好盆栽的老友刘骏声兄，托他去视察一下。二十日傍晚，接到了他的回信，据说除了一盆云柏略有病态外，其他都欣欣向荣，没有问题。信中还附有全国人民代表大会常务委员会副委员长黄任之前辈的一首诗，是寄到我家里去的。原来他老人家读了《新闻日报》上我写的《和台风搏斗的一夜》那篇小品文，特地来慰问的。他那笺纸上写着："读《新闻日报》生活小品，知苏城紫兰小筑为台风所袭，诗以慰问瘦鹃伉俪：小小山林小小园，主人胸次地天宽。一诗将我绸缪意，呵尔封姨莫作顽。"任老这首诗情深意厚，写作都好，是十四日从北戴河寄来的。说也奇怪，它竟好像是旧时代人家贴在墙上的一道符："姜太公在此，百无禁忌。"所以第二次从南海里刮起来的台风，就乖乖的转了向，不再到我们江苏来开玩笑，而浩浩荡荡地到日本九州去登陆了。

　　二十日和二十一日的下午，在省人民委员会举行专业小组讨论，从全体代表中挑出一百多位代表来，分作六组。我并不在实际的工作岗位上，可说是一个"无业游民"，充其极，也不过是文艺界的一个"单干户"，这次却被安插在文化与教育小组里，与二十多位专家共聚一堂，畅领教益。在这一个小组上，各地区的教育工作者，提出了中小学教师的种种要求；而戏剧与曲艺工作者，也说了艺人们的种种意见，大家都说出了心中所要说的话。我近年来倒像变做了"只解欢娱不解愁"的无愁天子，自己并没有苦可言，就代表苏州市文化部门诉说了一番点金乏术之苦，以致一切文化事业，都小手小脚地无从开展。有的事情，钱已有了，而物资不能供应，没法动工。我们苏州市的代表们，以万分迫切的心情，请省方帮助我们解决具体困难。把这号称天堂的苏州，逐步逐步地打扮起来，使它更加美丽！

八

二十一日下午，潘伯英代表的爱人费瑾初同志，也突然地像飞将军从天而降，使老潘又惊又喜，莫名其妙。原来他爱人正在苏州市文化处工作，此次是为了评弹工作者的登记问题，特地赶来向省文化局请示的。他们俩虽不过小别一星期，如果把古人所说的"一日不见，如隔三秋"来计算，那么仅仅一星期，也如隔二十一秋了。可是我听得老潘单单问了一声儿子可好，双方就刺刺不休地谈着文化处工作上的许多问题，可说是语不及私，再不像旧社会里夫妇那套"卿卿我我"的老作风了。

这一天早上，正要去参加小组讨论，忽见肖秀娥代表急匆匆地向大门外跑，我忙问甚么事？她回说买和平鸽去。我暗想招待所中已经住满了人，还有甚么地方可养和平鸽，难道养在床底下不成。为了好奇心动，就拔脚跟着她跑，到了大门外，才明白过来。原来有一个十四五岁的小朋友，手中拿着一根细竹竿，挂着几只孩子们玩的小白鸽，嘴、眼和脚都是红的，翅和尾都用鹅毛制成，妙在两翅和身子连接的所在，用盘曲的铅丝连接起来，颈项里系着一根红丝线，向上一提，两翅就会扑呀扑的，好像要飞去的样子。这一个挺有意思的小玩意，代价只须一角五分，我即忙买了一头，笑吟吟地拎到宿舍里去。于是我那小陵园瓜和起死还魂草两件活宝，又得了个象征和平的小白鸽来作良伴；更觉生意盎然，栩栩欲活了。

潘慎明代表的发言中，说起苏州的园林，具有我国古代建筑的民族风格，得到了国内外一致的好评。甚至有的国际朋友说："看到了苏州的园林，才真正的看到了中国。"但他们看了那些狭小的街道，和古老破旧的许多屋子，不由得惊讶地说："天堂天堂，这就算是天堂么？"可是我们没有钱，只得将就一下。譬如那座岌岌欲危的虎丘塔，这些年来，我们早就要抢修了，中央文化部因为它是江南最著名的古迹，非常重视，南京和上海的建筑专家们，也一再地来察看研究。整修的计划方案虽已拟定了，可是为了没有钱，无从修起，真所谓"万事齐备，只欠东风"。今年五月里，才由市文化处范烟桥处长亲自赶到南京来，向省文化局苦苦请求，总算请到了五万元，而还要市方负担五万元。现在钱已有了，而必需的水泥没有，仍然没法动工，如果再过三个月仍还没有水泥，那么一到年终，这五万元就要上缴归库，恐怕要像"黄鹤一去不复返"了。万一在这三个月里，虎丘塔竟突然地垮了，那怎么办？

九

二十二日下午六时半，大会讨论结束了。我和潘伯英代表应省文化局之邀，随同钱静人副局长一起上香铺营文化局去。文艺界的前辈胡小石、陈中凡、陈之佛、吴白匋诸代表，与京剧艺人王琴生、锡剧艺人姚澄、扬剧艺人高秀英诸代表都来与会，南京博物馆曾昭燏院长和文化局各科科长也全都出席，济济一堂，真是一个文艺界的群英会。吃过了一顿丰盛的晚餐，座谈会开始了。钱副局长作开场白，由李进副局长报告最近拟定了的对全省文化事业的种种措施。对于各地区的戏剧和国画，都将有更进一步的发展，在南京并将有国画馆和"文化之家"的建立，使百花齐放，放得更好看；百家争鸣，鸣得更动听。这些美丽的远景并不太远，不久的将来就要像孔雀开屏一样，辉煌地展开在我们眼前了。

艺人们虽为这些美丽的远景而鼓舞，但仍毫不保留地诉说目前存在着的许多问题。姚澄代表是个大红大紫的锡剧名艺人，政治地位提高了，社会活动特别忙，因此影响了她的健康，也就连带影响了她的演出，甚至每天连休息的时间也没有。

在这座谈会上，又得到了一个很可兴奋的好消息，据潘其彬同志告知我：抢修虎丘塔的一切材料，全都准备好了，钢骨水泥，应有尽有，9月份内就可开工。我一听之下，不由得手舞足蹈起来，回到了苏州，就要迫切期待着这个"黄道吉日"的来临，而欢呼着"开工大吉"了。虎丘塔一经修好之后，便可永远的屹立在虎丘之上，为苏州增光，与河山同寿。

这一晚，人民大会堂又举行一个文娱晚会，由江苏省锡剧团演出了根据粤剧本改编而成的《搜书院》，我为了参加省文化局的座谈会，失之交臂，但据好几位看过的代表们说：这出戏情节好，表演好，说唱好，服装好，布景好，音乐好，真的是美具难并，无一不好。我向朱福奎同志要了一份说明书，却见第一幕第二场的唱词中，有一首题在那风筝上的长短句："长牵彩线，辜负凌云心一片。线断随风，此身无寄任西东。碧空陨落，漂泊亦如人命薄。谁放谁收，恰似桃花逐水流。"似诗非诗，似词非词，但也尚可一读，大概是粤剧本中原有的吧。据姚澄代表对我说：她们的团，不久将到苏州来演出，我想那番演出，定将轰动一时，而这一失之交臂的《搜书院》，我也可以欣赏一下了。

一〇

到南京已十二天了，天天过着集体生活，有规律，有兴趣，年青时在学校里求学的情景，也正是如此，真好像重温旧梦一般。我在家里时，连一方手帕子也不会洗的，而在这些日子里，不论帕子袜子，衬衫衬裤，居然都由自己动手来洗，乐此不疲，觉得独立劳动，自是一件最有意义的事。

苏州市的代表，原有二十人，这次有两位代表因公请假，出席的恰符十八罗汉之数，大家都像一家人似的，打成一片。年事最高的如汤国梨、王季玉、邓邦逖、潘慎明四代表，可以把"嵩山四老"作比。领导党、政工作的，有孔令宗、李芸华、惠廉三代表，可以比作"风尘三侠"。工商界的领袖陶叔南、浦亮元、朱汝鹏、程延龄四代表，可说是"四大金刚"。萧伯宣代表是我们代表团中唯一的医药卫生工作者，可说是"擎天一柱"。我与潘伯英代表是两个文艺工作者，可以比作北方相声和苏州评弹的所谓"拼双档"。工厂中的积极分子肖秀娥、刘洪芬、沈凤珍三代表，再加上了同她们常在一起的朱福奎代表，和经常在苏州工作而在南京当选的徐仰先代表，凑成了"五虎将"。他们同出同入，同游同息，同在一处打杜洛克，跳踉作耍，活泼泼地，而刘、沈二代表打扮得像花蝴蝶一样，给我们代表团生色不少。

　　这一次的省人代会开得再好没有了，无论小组讨论，大组讨论，对于全省各地区各部门的工作，或自我提出了种种存在的缺点，或对人作出种种尖锐的批评，真如并剪哀梨，十分爽快。人民代表当家作主的精神，在这里充分地表现了出来。我以为弥补缺点，是今后必须做并且急须做的工作，等于洪水决堤时堵塞缺口一样，要勇敢，要及时，要建设"即知即行"才可把所有存在着的种种缺点，又快又好地完全弥补起来，加速社会主义新中国的建设。

选举副省长，是这一次大会中的重要节目，除现有的四位副省长外，再增选六位副省长，有做统战工作的，有做计划和财贸工作的，有做文教和工商业工作的，并且内中还有一位女副省长，全是富有 能力富有才识的专家。经各地区的代表们反复讨论之后，一致赞同，终于在二十四日下午大会闭幕以前，把六位副省长选举了出来。从此十位副省长同德同心，分工合作，帮助省长把江苏省治理得尽善尽美，蒸蒸日上，涌现出一个十全十美的新江苏来。

举行了足足九整天的江苏省第一届人民代表大会第四次会议，终于胜利闭幕了，我将于二十五日回苏州去。可是临别依依，低徊不尽，紫金山的山色，玄武湖的湖光，似乎在殷勤地挽留我，我陶醉着它们的美，真有"故乡虽好不思归"之感。然而故乡的许多工作，正在等待着我，不得不割慈忍爱地走了，好在不久的将来，还是要来的。再会吧！南京！千万珍重！珍重千万！

　　　　　　　花前新记

关于《周瘦鹃自编精品集》

1953 年 3 月由上海出版公司出版的周作人著《鲁迅的故家》里，有一篇《周瘦鹃》的文章，文章不长，全文如下：

关于鲁迅与周瘦鹃的事情，以前曾经有人在报上说及。因为周君所译的《欧美小说译丛》三册，由出版书店送往教育部审定登记，批复甚为赞许，其时鲁迅在社会教育司任科长，这事就是他所办的。批语当初见过，已记不清了，大意对于周君采译英美以外的大陆作家的小说一点最为称赏，只是可惜不多，那时大概是民国六年夏天，《域外小说集》早已失败，不意在此书中看出类似的倾向，当不胜有空谷足音之感吧。鲁迅原来很希望他继续译下去，给新文学增加些力量，不知怎的后来周君不再见有著作出来了，直至文学研究会接编了《小说月报》，翻译欧陆特别是弱小民族作品的风气这才大兴，有许多重要的名著都介绍来到中国，但这已在五六年之后了。鲁迅自己译了很不少，如《小约翰》与《死魂灵》都很费气力，但有两三种作品，为他所最珍重，多年说要想翻译的，如芬兰乞食诗人丕威林太的短篇集，匈牙利革命诗人裴彖飞的唯一小说名叫"绞吏之绳"的，都是德国"勒克兰姆"丛刊本，终于未曾译出，也可以说是他未完的心愿吧（在《域外小说集》后面预告中似登有目录，哪一位有那两册初印本的可以一查）。这两种文学都不是欧语统系，实在太难了，中国如有人想读那些书的，也只好利用德文，英美对于弱小民族的文学不大注意，译本殆不可得。

在这篇文章里，周作人很明白地说明了当年周瘦鹃出版《欧美名家短篇小说丛刊》时，鲁迅对这部作品的看重，用"空谷足音"来赞美。不久后，周作人在另一篇文章《鲁迅与清末文坛》里再次提到这个事，说到鲁迅对清末民初上海文坛的印象："不重视乃是事实，虽然个别也有例外，有如周瘦鹃，便相当尊重，因为所译的《欧美小说丛刊》三册中，有一册是专收英美法以外各国的作品的。这书在 1917 年出版，由中华书局送呈教育部审查注册，发到鲁迅手里去审查，他看了大为惊异。"鲁迅还把书稿"带回会馆来，同我会拟了一条称赞的评语，用部的名义发表了出去。据范烟桥的《中国小说史》中所记，那一册中计收俄国四篇，德国二篇，意大利、荷兰、西班牙、瑞士、丹麦、瑞典、匈牙利、塞尔维亚、芬兰各一篇，这在当时的确是不容易的事了"。周作人在文章里所说的《欧美小说译丛》和《欧美小说丛刊》，就是周瘦鹃那本《欧美名家短篇小说丛刊》的简称。周瘦鹃的这部翻译作品，能受到鲁迅的赞誉，固然和鲁迅、周作人早年翻译的小说不成功有关系，主要的还是鲁迅有一颗公平公正、重视人才的心。确实，勤奋的周瘦鹃，在他二十多岁年纪就取得如此大的成就，配得上鲁迅的称赞。后来，他又把多年翻译的作品，经过整理，于1947年出版了《世界名家短篇小说全集》（全四册）。

周瘦鹃的写作，一出手就确定了他的创作方向，即适合市民大众阶层阅读的通俗文学。他发表的第一篇作品《落花怨》（1911年6月11日出版的《妇女时报》创刊号），就带有浓郁的市井小说的味儿，而同年在著名的《小说月报》上连载的八幕话剧《爱之花》，同样走的是通俗文学的路子，迎合了早期上海市民大众的阅读"口感"，同时也形成了他一生的创作风格。继《爱之花》之后，他的创作成了"井喷"之势，创作、翻译同时并举，许多大小报刊上都有他的作品发表，一时成为上海市民文化阶层的"闻人"，受到几代读者的欢迎。纵观他的小说创作，著名学者范伯群先生给其大致分为"社会讽喻""爱国图强""言情婚姻"和"家庭伦理"四大类。"社会讽喻"类的代表作有《最后之铜元》《血》《十年守寡》《挑夫之肩》《对邻的小楼》《照相馆前的疯人》《烛影摇红》等，"爱国图强"类的代表作有《落花怨》《行再相见》《为国牺牲》《亡国奴家里的燕子》等，"言情婚姻"类的代表作有《真假爱情》《恨不相逢未嫁时》《此恨绵绵无绝期》《千钧一发》《良心》《留声机片》《喜相逢》《两度火车中》《旧恨》《柳色黄》《辛先生的心》等，"家庭伦理"类的代表作有《噫之尾声》《珠珠日记》《试探》《九华帐里》《先父的遗像》《大水中》等。他的这些成就的取得，不仅在大众读者的心目中影响深远，也受到了鲁迅等人的肯定。1936年10月，鲁迅等人号召成立文艺界抗日民族统一战线，周瘦鹃作为通俗文学的代表，也被鲁迅列名参加。周瘦鹃在《一瓣心香拜鲁迅》中还深情地说："抗日战争初起时，鲁迅先生等发起文化工作者联合战线，共御外侮，曾派人来要我签名参加，听说人选极严，而居然垂青于我。鲁迅先生对我的看法的确很好，怎的不使我深深地感激呢？"翻译和创作通俗小说而外，周瘦鹃还创作了大量的散文小品。他的散文小品题材广泛，行文驳杂，有花草树木、园艺盆景、编辑手记、序跋题识、艺界交谊、影评戏评、时评杂感、书信日记等，涉及社会生活的多个方面。此外，周瘦鹃还是一位成就卓著的编辑出版家，前半生参与多家报刊的创刊和编辑工作，著名的有《礼拜六》《紫罗兰》《半月》《紫兰花片》《乐园日报》《良友》《自由谈》《春秋》《上海画报》《紫葡萄画报》等，有的是主编，有的是主持，有的是编辑，有的是特约撰述。据统计，在1925年到1926年的某一段时间内，他同时担任五种杂志的主编，成了名副其实的名编。另外，他还写作了大量的古典诗词，著名的有《记得词》一百首、《无题》前八首和《无题》后八首等。

　　周瘦鹃一生从事文艺活动，集创、编、译于一身。在创作方面，又以散文成就最大，其中的"花木小品""山水游记""民俗掌故"被范伯群称为"三绝"（见范伯群著《周瘦鹃论》）。而"三绝"之中，尤其对"花木小品"更是情有独钟，不仅写了大量的随笔小品，还成为闻名天下的盆景制作的实践者。据他在文章中透露，早在20世纪20年代末期，他就在苏州王长河头买了一户人家的旧宅，扩展成了一个小型私家园林。从此苏州、上海两地，都成了他的活动基地，在上海编报刊、搞创作，在苏州制作盆栽、盆景。而早年在上海选购花木盆栽的有关书籍时，还曾巧遇过鲁迅。在《悼念鲁迅先生》一文中，他透露说："记得三十余年前的某一个春天，一抹斜阳黄澄澄地照着上海虹口施高塔路（即今之山阴路）口一家日本小书店，照在书店后半间一张矮矮的小圆桌上，照见桌旁藤靠椅上坐着一位须眉漆黑的中年人，他那瘦削的长方脸上，满带着一种刚毅而沉着的神情。他的近旁坐着一个日本人，堆着满面的笑正在说话。这书店是当时颇颇有名的内山书店，那日本人就是店主内山完造，而那位中年人呢，我一瞧就知道正是我所仰慕已久的鲁迅先生。"买有关盆栽的书而邂逅鲁迅先生，周瘦鹃自称是"三生有幸"，而此时，他还不知道鲁迅曾经大加赞赏过他的《欧美名家短篇小说丛刊》。鲁迅也偶尔玩过盆景的，他在散文集《朝花夕拾·小引》里，有这样一段话："广州的天气热得真早，夕阳从西窗射入，逼得人只能勉强穿一件单衣。书桌上的一盆'水横枝'，是我先前没有见过的：就是一段树，只要浸在水中，枝叶便青葱得可爱。看看绿叶，编编旧稿，总算也在做一点事。"这个"水横枝"，就是盆栽，清供之一种，如果当时周瘦鹃能够和鲁迅相认，或许也会讨论一下盆栽制作也未可知啊。

1949年以后，周瘦鹃定居苏州，并自称苏州人，把全部的精力都投入到盆栽、盆景的制作中去，在《花花草草·前记》中，他写道："我是一个特别爱好花草的人，一天二十四小时，除了睡眠七八小时和出席各种会议或动笔写写文章以外，大半的时间，都为了花草而忙着。古诗人曾有'一年无事为花忙'之句，而我却即使有事，也依然要设法分出时间来，为花而忙的。"在忙花忙草忙盆景的同时，他的作品也越写越多，大部分都是和花草树木有关的小品散文，这方面的文章，也是他一生创作的重要部分。1955年6月，他在通俗文艺出版社出版了一本《花前琐记》，首印10000册，共收以种花植树盆栽为主的小品随笔37篇。1956年9月，在上海文化出版社出版了《花花草草》，收文35篇，首印20000册。1956年12月，又在江苏人民出版社出版了《花前续记》，收文38篇。1958年1月，在江苏人民出版社出版了《花前新记》，收文40篇，附录1篇，首印6000册。1962年11月，在江苏人民出版社出版了《行云集》，收文 19 篇，附录 1 篇，1985 年 1 月第二次印刷时又加印 4000 册。1964 年 3 月，香港上海书局出版了《花弄影集》，1977 年 7 月再版。1995 年 5 月，是周瘦鹃诞辰一百周年，新华出版社出版了周瘦鹃的小女儿周全整理的《姑苏书简》，收文 59 篇，首印 3000 册。该书收录周瘦鹃 1962 年至 1966 年在香港《文汇报》开辟的《姑苏书简》专栏发表的文章，书名由著名民主人士雷洁琼题写，邓伟志、贾植芳分别作了序言，周全女士的文章《我的父亲》一文附在书末。

周瘦鹃一生钟情"紫罗兰"（周吟萍），他们的恋情要从周瘦鹃在民立中学任教时说起：在一次到务本女校观看演出时，周瘦鹃对参与演出的少女周吟萍产生了爱慕之情，在书信往还中，开始热恋。但周吟萍出身大户人家，其父母坚决反对他们的恋爱，加上女方自幼定有婚约，使他们有情人无法成为眷属。周瘦鹃苦苦相恋，使他"一生低首紫罗兰"，并为其写了无数诗词文章，《紫罗兰》《紫兰花片》等杂志、小品集《紫兰芽》《紫兰小谱》和苏州园居"紫兰小筑"、书室"紫罗兰盦"、园中叠石"紫兰台"等，都是这场苦恋的产物。《爱的供状》和《记得词》一百首，更是这场恋情的心血之作。这套8本的《周瘦鹃自编精品集》，依据的就是上述各书的版本。另外，《姑苏书简》和《爱的供状》虽然不是作者生前"自编"，但也出自作者的创作，为统一格式，也权当"自编"论，这是需要向读者说明的。

陈　武

2018年5月18日于燕郊